1 MONTH OF FREE READING

at

www.ForgottenBooks.com

By purchasing this book you are eligible for one month membership to ForgottenBooks.com, giving you unlimited access to our entire collection of over 1,000,000 titles via our web site and mobile apps.

To claim your free month visit: www.forgottenbooks.com/free923975

* Offer is valid for 45 days from date of purchase. Terms and conditions apply.

ISBN 978-0-260-04056-5
PIBN 10923975

This book is a reproduction of an important historical work. Forgotten Books uses state-of-the-art technology to digitally reconstruct the work, preserving the original format whilst repairing imperfections present in the aged copy. In rare cases, an imperfection in the original, such as a blemish or missing page, may be replicated in our edition. We do, however, repair the vast majority of imperfections successfully; any imperfections that remain are intentionally left to preserve the state of such historical works.

Forgotten Books is a registered trademark of FB &c Ltd.
Copyright © 2018 FB &c Ltd.
FB &c Ltd, Dalton House, 60 Windsor Avenue, London, SW19 2RR.
Company number 08720141. Registered in England and Wales.

For support please visit www.forgottenbooks.com

JULES DE GASTYNE

EN
FLAGRANT DÉLIT

ROMAN PARISIEN

PARIS
E. DENTU, ÉDITEUR
LIBRAIRE DE LA SOCIÉTÉ DES GENS DE LETTRES
PALAIS-ROYAL, 15-17-19, GALERIE D'ORLÉANS
—
1887
(Tous droits réservés.)

548.
G257ei

Prof. L. C. Karpinski
4-29-1923

EN FLAGRANT DÉLIT

PREMIÈRE PARTIE

I

Il était environ six heures du soir, en octobre. La nuit tombait. Une sorte de buée humide et froide descendait sur Paris. Une à une les fenêtres des maisons s'éclairaient. Les omnibus, les fiacres, les voitures de toutes sortes, leurs lanternes allumées, sillonnaient les boulevards et les rues, d'une allure précipitée. Les trottoirs étaient noirs de passants, montant à pas rapides, du centre de Paris aux extrémités. On se hâtait de rentrer pour dîner.

Dans une petite pièce de quatre mètres carrés, située au sixième étage du boulevard des Batignolles, sous les toits, une femme d'une quarantaine d'années, transie par le froid, terminant sans doute un travail pressé, s'était approchée de la lucarne qui éclairait sa mansarde et s'écarquillait les yeux à coudre; elle s'était levée pour y voir encore, désirant profiter des dernières lueurs du jour.

Comme nous l'avons dit, cette femme paraissait avoir quarante ans environ. De grande taille, vêtue modestement, mais proprement, comme une ouvrière aisée, elle avait des traits réguliers et énergiques. Sa figure, qui était belle encore, avait été pâlie et allongée, pour ainsi dire, par les chagrins et par les veilles. Il y avait de grandes rides d'ombre sur son front large. On s'apercevait, au premier aspect, que cette femme avait beaucoup souffert. La douleur produit à la longue sur les visages le même effet que le temps sur les tableaux. Elle les estompe.

La pièce dans laquelle cette femme se trouvait devait servir de salle à manger. Elle était carrelée de briques rouges. Au milieu, une petite table ronde, sous laquelle on avait placé un tapis de cordes large comme la peau de chagrin de Balzac et qui se rétrécissait chaque jour comme elle, usé par le frottement des pieds. Les murs étaient couverts, on ne peut pas dire ornés, d'une couche de peinture jaunâtre, coupée à la hauteur des lambris par de grandes lignes droites, couleur marron foncé. Çà et là, sans ordre, quelques chaises en paille, encombrées, les unes de journaux, les autres de morceaux d'étoffe ; puis, à gauche, un dressoir d'acajou avec des verres sans pied, unis, et des assiettes blanches, sans ornement. Une médiocrité décente. En face du dressoir, un petit poêle noir, éteint.

L'humidité du soir pénétrait dans l'appartement, passant sous la porte et sous le châssis des fenêtres. Elle s'y amassait. La peinture crue des murailles se couvrait d'une couche de buée, qui se gonflait et roulait en larmes sur le carreau rouge... Il faisait froid, ce froid brumeux des soirs d'octobre, dans les maisons mal chauffées de Paris.

La femme remua le dos, comme prise d'un frisson. Six heures sonnèrent. Elle jeta son ouvrage sur une chaise, et elle marcha un instant pour se réchauffer.

— Six heures déjà, murmura-t-elle, comme les jours diminuent!

Puis une vive lueur illumina son regard.

— Six heures, reprit-elle, ils vont venir!

Cette dernière pensée lui donna du courage. Elle secoua sa torpeur, la torpeur qu'avait mise dans tous ses membres son travail assidu et immobile. En un clin d'œil, la lampe fut allumée. Le feu brilla dans le poêle. La pièce prit un aspect riant et doux, propret et chaud. Un parfum de viande grillée se répandit de la cuisine dans l'atmosphère. On entendit un cliquetis argentin de couverts remués, le fracas des assiettes. La table noire se couvrit d'une nappe blanche comme la neige. Tout cela se fit vivement, rapidement; tout se transforma comme sous la baguette d'une fée. La femme allait et venait, encouragée dans son travail par une pensée de bonheur intérieur qui rayonnait sur son front. La gaieté, le rire, revenaient dans cette chambre triste.

A ce moment, on frappa doucement à la porte. Une voix demanda :

— Êtes-vous là, madame Robert?

Louise Robert alla ouvrir.

— Ah! c'est vous, monsieur Blondeau?

— Moi-même. Je rentre de mon bureau, et je venais vous souhaiter un petit bonsoir...

— Vous êtes bien aimable.

L'arrivant jeta un regard autour de lui.

— Ils ne sont pas rentrés?...

— Pas encore, à sept heures seulement.

L'homme se rapprocha du poêle.

— Je ne vous dérange pas?

— Du tout.

— Du reste, continuez comme si je n'étais pas là...

Il se réchauffa les mains.

— Gredin de temps!... C'est l'hiver, madame Robert... On n'y voit pas à trois pas devant soi dans la rue... Un brouillard! Figurez-vous qu'au bureau on a allumé les lampes à cinq heures... Il est vrai que nous sommes au rez-de-chaussée...

Louise ne répondait pas, continuant sa

besogne, passant de la cuisine à la salle à manger, les bras chargés de vaisselle. Il y eut quelques minutes de silence.

— Et il va bien, M. Louis?
— Mon fils?... Très bien, je vous remercie.
— Et Mlle Blanche?
— Très bien aussi.
— J'en suis bien heureux... On est bien aise, quand on voit des jeunes gens...

Le reste de la phrase se perdit dans les allées et venues de Louise.

M. Blondeau, que l'on appelait à son bureau le père Blondeau, était un petit homme de cinquante ans environ, usé, ratatiné, tremblotant déjà sur ses petites jambes, la figure ridée, les yeux ternes. Employé au ministère des finances depuis l'âge de vingt ans, il avait vu sa jeunesse littéralement assommée par les chiffres. Les additions lui avaient vidé le cerveau. Il était vêtu tout en drap noir, de ce drap noir jauni, luisant aux genoux et aux coudes, qui est comme la livrée des employés de bureau. Il habitait sur le même carré que Louise Robert, et venait de temps en temps se chauffer à la lueur de son feu ou bavarder un peu, en attendant l'heure où il descendrait pour dîner.

Louise, habituée à ses visites, prêtait peu d'attention à ses discours, toujours les mêmes...

Après un moment de silence, M. Blondeau reprit :

— Je venais voir aussi si M. Louis ne pourrait pas me donner une place pour quelque théâtre... Il en a comme il veut, maintenant qu'il écrit dans les journaux... et ça me changerait un peu mes idées... ça me dériderait, quoi ?...

Louise ébaucha un sourire...

— Vous avez donc des idées bien tristes, mon pauvre monsieur Blondeau ?

— Lugubres..., madame Robert, dites lugubres...

— Vous ?

— Moi...

— Je vous croyais très heureux...

— Heureux, heureux, il faut le dire vite... Si vous croyez que c'est une existence, toujours des chiffres du matin au soir... Il est vrai qu'il y a des jours où on ne fait pas grand'chose...

mais il n'en faut pas moins être là... Il y a aussi des compensations ; nous sommes chauffés, bien chauffés, trop chauffés même quelquefois...

Louise éclata de rire.

— Alors, de quoi vous plaignez-vous ?...

— Je ne me plains pas précisément, moi... ce sont les autres... Mais il faut bien dire quelque chose pour causer... Alors vous croyez que M. Louis ?...

— Il se fera un plaisir de vous être agréable...

— N'est-ce pas ?... C'èst que nous sommes de vieux amis, nous.

— Il est vrai qu'il y a pas mal de temps que nous nous connaissons...

— Depuis le jour...

Le visage de Louise se rembrunit.

— Chut ! Ne parlez pas de cela...

— Vous y pensez toujours ?

Louise devint sombre.

— Toujours ! répondit-elle... Ce sera le supplice de toute ma vie !...

En voyant le visage attristé de son interlocutrice, M. Blondeau voulut s'excuser... réparer... Il s'agita sur sa chaise, tout chagrin.

— Combien je regrette, balbutia-t-il.

Louise ne l'écouta pas. Elle reprit, comme se parlant à elle-même :

— Oh! j'ai pourtant payé bien cher déjà la faute que j'ai commise!... Si on pouvait réunir toutes les larmes que j'ai versées!...

Le pauvre employé était désolé...

— Quelle mauvaise idée j'ai eue là!... murmura-t-il!... Mais il faut toujours que je dise des sottises... Ne songez donc plus!...

Il s'était levé et marchait dans la salle à manger, agité, remuant les mains comme pour chasser les idées sombres qu'il venait d'évoquer...

La porte s'ouvrit brusquement... Une jeune fille entra.

— Plus un mot! dit impérieusement la femme, qui s'essuya précipitamment les yeux...

— Bonsoir, mère...

Blanche se jeta dans les bras de Louise.

— Bonsoir, mon enfant...

Elle aperçut le visiteur.

— Ah! c'est M. Blondeau... Bonsoir, monsieur Blondeau.

— Bonsoir, mademoiselle... Toujours resplendissante de santé... Toujours gaie...

— Toujours...

Elle remarqua les yeux rougis de Louise.

— Tu as pleuré, mère?

— Pleuré? tu es folle!

— Si! tu as pleuré, je le vois bien... N'est-ce pas, monsieur Blondeau?

— Du tout, mademoiselle, du tout... Je puis vous l'affirmer. Nous riions, au contraire, n'est-ce pas, madame Robert, nous riions aux larmes?

— Est-ce bien sûr?

— Mais oui, c'est sûr, dit Louise avec une sorte d'impatience. Pourquoi veux-tu que j'aie pleuré?

La jeune fille sembla se contenter de cette réponse. Elle posa sur une chaise le petit panier qu'elle avait au bras... dénoua les brides de son chapeau, un petit chapeau coquet qu'elle avait fait elle-même, avec quelques fleurs, et disparut dans une pièce voisine... en jetant sur la table un léger paquet qu'elle tenait à la main.

— Voyons, Blanche, ne dérange pas mon couvert, comme tous les soirs. Louis va rentrer!..., cria Louise de la cuisine...

La jeune fille entr'ouvrit la porte.

— Je vais me déshabiller pour t'aider, méchante...

M. Blondeau se disposait à s'en aller.

— Vous n'attendez pas Louis? demanda Mme Robert.

— Non... L'heure s'avance... puis j'aime mieux que vous lui fassiez la demande vous-même... Vous obtiendrez plus sûrement... mais vous n'oublierez pas ma commission... Je compte sur vous...

— Soyez tranquille...

— Ça me déridera... voyez-vous... Au revoir, madame Robert.

— A demain, monsieur Blondeau.

— Bonsoir, mademoiselle, cria-t-il à travers la porte.

— Bonsoir, monsieur Blondeau.

M. Blondeau disparut; Blanche rentra dans la salle à manger. Elle avait enlevé son manteau. Vêtue d'une robe noire très propre, sans ornement, avec un col et des manchettes soigneusement repassés, elle était nu-tête... Des boucles de cheveux blonds voltigeaient sur son front... Elle avait dix-neuf ans environ. De grands yeux bleus intelligents et doux, un teint d'une blancheur de lait. C'était la fille d'une sœur de Louise, morte encore jeune. Il y avait entre les deux femmes comme un air de famille, bien que les traits et les caractères fussent tout à fait dissemblables. Blanche avait la physionomie éclatante, épanouie, d'une enfant qui n'a pas encore connu la douleur. Le rire voltigeait autour de sa bouche radieuse, autour de ses grands yeux, qui illuminaient de bonheur toute sa face.

— Louis est en retard? demanda la jeune fille.

— Il n'est pas sept heures, répondit Louise...

Elle n'avait pas achevé ces mots que la porte s'ouvrit.

— Le voici! cria Blanche!... Exactitude militaire!... Sept heures sonnent.

Louis entra...

— Mère n'est pas là ?... Bonsoir, Blanche...

Blanche n'eut pas le temps de répondre. Louise était accourue de la cuisine. Elle avait saisi son fils dans ses bras et l'avait baisé brusquement, fiévreusement, de chaque côté du front.

— Mon Louis! murmura-t-elle avec une sorte d'extase...

— Je ne suis pas en retard? demanda le jeune homme...

— Non... c'est l'heure... Blanche vient de rentrer aussi... Le dîner est prêt... Allons, à table...

Louise Robert approcha les chaises, les débarrassant vivement des objets qui les encombraient.

Louis était allé dans sa chambre, se laver les mains.

Quand il rentra, Blanche était seule dans la salle à manger. Son regard s'éclaira en la voyant. Il l'embrassa sur le front avec amour.

— Tu m'aimes toujours ? petite sœur ? s'écria-t-il.

— Autant que ce matin... répondit Blanche, qui éclata de rire.

Louis avait vingt-deux ans... Il était grand, élancé. Il avait un peu de la physionomie rude de sa mère. Une moustache brune, épaisse, garnissait sa lèvre... Il avait le teint légèrement bronzé... le regard sérieux... le front large, plein d'intelligence... Ses yeux étaient noirs... ses cheveux épais, un peu crépus... La mise correcte, sans élégance. Redingote d'un bleu sombre ; pantalon à petits carreaux blancs et noirs... Une épingle modeste à la cravate, un morceau de corail dans une griffe d'or.

Louise entra, portant une soupière fumante, et on se mit à table.

II

Un peu plus de vingt ans avant ce que nous venons de raconter, Jean Blondeau, qui marchait allègrement sur sa trentième année, rentrait une nuit de la Closerie des Lilas. Il était environ une heure du matin. L'employé du ministère des finances habitait alors un de ces misérables hôtels meublés de la rue Saint-Jacques, que se partagent les étudiants pauvres, les ouvrières et les employés, vieux bâtiments délabrés qui semblent porter la trace de tous les drames, de tous les vices, de toutes les misères du Paris moderne. Le brave homme, un peu ému par des libations fréquentes, longeait en zigzaguant l'allée tortueuse, sombre et moite, qui conduisait à un escalier aussi dangereux à escalader que le Mont-Blanc, quand son pied heurta quelque chose d'assez gros et d'assez moelleux. Il lui sembla en même temps entendre comme un faible gémissement.

Vivement surpris, effrayé plutôt, l'employé se colla contre le mur sans oser faire un pas de plus, ni même un mouvement. Sa demi-ivresse se dissipait; il sentait le sang se tarir dans ses veines et l'extrémité de ses cheveux frissonner de terreur. Il n'était pas brave. L'idée d'un crime s'empara aussitôt de son esprit. Il voyait la victime se dresser devant lui, pâle, les yeux écarquillés par l'épouvante, un ruisseau de sang s'échappant à gros flocons de sa poitrine. Il ne pouvait pas voir le sang sans perdre connaissance. Dans la maison, un silence qui lui parut lugubre, troublé seulement par les hurlements du vent sous la toiture mal close et les plaintes des châssis mal joints et vermoulus de l'escalier. Toutes les lumières étaient éteintes depuis longtemps, et les ténèbres lui semblaient plus sombres et plus épaisses que jamais. Dans la rue, pas un bruit de pas ou de voiture pour le réconforter un peu.

Combien de temps Jean Blondeau resta-t-il ainsi privé de mouvement et presque de pensée? Il n'aurait pas pu le dire lui-même. Il fallut une nouvelle plainte pour l'arracher à sa torpeur. Cette plainte, plus forte que la première, et qui partait bien de l'objet étendu à ses yeux, le fit tressaillir du haut en bas. Des frissons glacés parcoururent tous ses membres. Il reconnut cependant une voix de femme — ce qui le rassura un peu.

Comme il était charitable, il pensa qu'il y avait peut-être une infortune à secourir. Surmontant sa panique première, il se décida à prendre dans sa poche une allumette, et, audace plus grande, il eut le courage de l'enflammer. La lueur dansa dans le couloir sombre avec des allures fantastiques. Jean Blondeau découvrit alors, à quelques pas de lui, une femme étendue en travers du corridor. Sa peur le reprit de plus belle. Le tremblement convulsif de ses mains fit vaciller l'allumette, qui s'éteignit.

— Triple imbécile! jura l'employé... De quoi ai-je donc peur? C'est une femme... Elle ne me mangera pas, surtout si elle est morte, comme je le crains...

Et tout en murmurant tout seul, comme pour se donner du courage, il enflamma une nouvelle allumette et se pencha vivement sur la victime présumée. Il reconnut une jeune fille qui occupait une petite chambre à l'étage situé au-dessous de lui... La peur fit dès lors place chez Jean Blondeau à une vive compassion. Il accabla la jeune fille de questions pleines de bonnes intentions.

— Est-ce vous, mademoiselle?... Que vous est-il arrivé? Vous souffrez? Êtes-vous blessée? Êtes-vous malade? Que désirez-vous?... Ah! mon Dieu, quel malheur! Qui m'aurait dit ce matin que je vous reverrais ce soir? et dans quel état!... Dire que j'aurais pu passer, marcher sur vous, vous faire du mal... Ce que c'est que de nous! A dix-huit ans, car vous n'avez pas plus de dix-huit ans... Elle ne remue pas... Elle est morte, peut-être... Pourtant sa main est chaude.

— Êtes-vous morte, mademoiselle? cria-t-il. Pouvez-vous parler?...

Puis, continuant à murmurer en lui-même, il ajouta :

— Je vais appeler quelqu'un de l'hôtel...

Il allait se lever. La main crispée de la jeune fille le retint...

— Non, non, murmura-t-elle, d'une voix faible comme un souffle...

— Quoi, non? fit-il surpris; puis il ajouta à part lui naïvement :

— Elle n'est pas morte, elle parle.

— N'appelez pas, fit la jeune fille...

— Je n'appellerai pas, dit Jean, mais que voulez-vous?

— Soulevez-moi.

— Que je vous soulève?

— Oui...

— Vous n'êtes pas blessée?

— Non, une faiblesse seulement...

A ce moment, la troisième ou quatrième allumette qu'avait enflammée Jean s'éteignait encore...

— Si j'allais chercher de la lumière? dit-il.

— Non, je ne veux pas qu'on me voie! s'écria vivement la jeune fille.

Elle ajouta :

— Vous êtes monsieur Blondeau?

— Oui...

— J'ai confiance en vous... Je sens que vous ne me trahirez pas, vous.

— Certainement, fit l'employé, extrêmement surpris.

La jeune fille s'était relevée à moitié, pendue au bras de Jean.

— Je me sens un peu mieux, dit-elle, prenez-moi sous le bras et guidez-moi jusque chez moi.

Jean obéit, et ils se dirigèrent tous les deux en tâtonnant dans le couloir, la jeune fille se laissant presque porter. Ils arrivèrent à l'escalier, dont les marches peu solides crièrent sous leurs pas.

Il y avait deux étages à monter pour arriver chez la jeune fille.

Quand on fut devant sa porte, elle pria M. Blondeau de chercher la clef dans sa poche et d'ouvrir... Le pauvre employé était violemment ému... Il paraissait comme étourdi de cet événement tragique qui venait tout à coup se jeter dans sa vie calme. Sa main tremblante eut de la peine à trouver la serrure, tant il était troublé.

A peine fut-on entré que la jeune fille se laissa tomber dans un fauteuil.

— Il y a de la bougie sur la cheminée, dit-elle...

L'employé alluma.

La lumière éclaira une petite chambre meublée d'acajou, à garniture autrefois rouge ponceau, devenu rouge passé... proprement tenue et encombrée de bibelots de jeune fille. Dans une alcôve, sous un grand rideau cramoisi relevé des deux côtés, apparaissait un lit blanc comme un monceau de neige.

Jean alla à la jeune fille, affaissée dans son fauteuil, et qui semblait avoir de nouveau perdu la force de parler... Elle paraissait avoir dix-huit ans. L'employé l'avait plusieurs fois rencontrée dans l'escalier, mais il ne lui avait jamais dit un mot et ne l'avait jamais bien vue. Il la trouva très belle, malgré sa pâleur extrême. Elle avait de grands yeux noirs, des traits un peu allongés mais droits et réguliers... Une magnifique chevelure noire tombait en désordre sur son cou. Il remarqua sa taille un peu large.

— Elle est enceinte!... murmura-t-il.

La jeune fille, qui semblait suffoquer dans ses vêtements, avait essayé de se lever...

Jean Blondeau restait debout devant elle, hébété, ne sachant que faire, dans sa maladresse de garçon peu habitué aux femmes...

— Prenez ces ciseaux, dit-elle.

Elle indiqua des ciseaux sur la table.

— Maintenant, coupez les lacets de mon corset...

Jean Blondeau, éperdu, chercha le corset, aperçut des lacets, et trancha tout ce qui se trouva devant ses ciseaux.

La jeune fille, soulagée, respira plus librement.

— Merci, fit-elle...

— Voulez-vous encore quelque chose? demanda l'employé...

— Non, merci... Je me sens mieux maintenant... C'est ce corset qui m'étouffait... Vous avez vu mon état ?... Je voulais le cacher à tous les yeux... Personne au monde ne le sait que lui... et vous maintenant... lui ! lui ! répéta-t-elle à plusieurs reprises.

— Soyez persuadée, mademoiselle, fit Jean Blondeau pour dire quelque chose, que ce secret...

— Vous ne le direz à qui que ce soit, n'est-ce pas ? fit la malade vivement...

— Il mourra avec moi, déclara solennellement l'employé.

— Vous me le jurez ?

— Sur mon honneur !

— Que les femmes sont donc malheureuses ! murmura la jeune fille en elle-même...

Jean restait dans la chambre, très embarrassé, ne sachant que dire...

— Oui, j'ai pu le cacher jusqu'aujourd'hui, mais le pourrai-je demain ?... Il faut que je m'en aille... que je disparaisse d'ici... J'espérais en lui jusqu'au dernier moment... J'avais fait des efforts héroïques pour aller jusque-là... Il m'a repoussée... Il m'a payée... Il m'a payée comme on paye une fille des rues...

Elle jeta une bourse sur la table...

— Et j'ai pris son argent... Je l'ai pris pour mon enfant... Je veux le soigner, l'élever moi-même... Je l'aimerai tant... Je l'aimerai de toute la force du mal qu'il m'a donné... Je l'aimerai de toute l'âpreté des larmes qu'il m'a déjà coûtées...

La jeune fille avait tout à fait repris ses sens.

Jean Blondeau jugea le moment venu de prendre congé...

La future mère le remercia vivement des soins qu'il lui avait donnés, et lui promit de lui faire savoir de ses nouvelles.

Le lendemain matin, à dix heures, elle avait quitté l'hôtel.

III

Jean Blondeau ne revit la jeune fille qu'il avait sauvée que plusieurs années plus tard. Elle était devenue une femme. On l'appelait Louise Robert. On la disait veuve, et elle élevait avec l'argent de son travail et une petite rente qu'elle possédait, disait-on, un garçon entrant dans sa huitième année. Dans le quartier, on n'avait que des éloges à faire sur son compte. Elle ne voyait jamais personne. L'employé au ministère des finances, avec lequel elle entama des relations de voisinage, fut le seul ami qu'elle fréquentât. Il ne fut jamais question entre eux des incidents de la nuit de la rue Saint-Jacques. Louise avait gardé sur ce sujet, chaque fois que Jean Blondeau y avait fait une discrète allusion, le silence le plus réservé. Elle n'aimait pas qu'on lui rappelât ce souvenir.

La vie de la jeune femme était consacrée tout entière à son enfant. Elle s'en occupait du matin au soir et n'avait pas d'autre sujet de conversation que les minuscules incidents qui émaillaient sa petite vie de collégien. L'enfant avait des dispositions merveilleuses et faisait des progrès rapides; aussi la fierté de la mère ne connaissait-elle pas de bornes. Il était externe. Elle allait le conduire et le chercher elle-même matin et soir. Bien qu'elle s'occupât pour les grands magasins de travaux de couture, elle semblait jouir d'une aisance relative. Elle habitait, dans la rue de Châteaudun, un appartement de neuf cents francs, au quatrième étage. Elle avait un mobilier convenable, sans luxe.

On s'étonnait de la voir vivre ainsi seule à son âge... Elle était alors dans tout l'éclat de beauté de la femme de trente ans, le visage plein, le regard heureux... Elle était devenue un peu grasse, ce qui allait merveilleusement à sa grande taille. Plusieurs partis s'étaient présentés, malgré l'enfant. Elle avait rejeté toutes les propositions qui lui avaient été faites.

Elle dit clairement un jour ses intentions à Jean Blondeau, qui avait fait quelques allusions à son veuvage trop jeune. — Je suis liée, dit-elle, par des chaînes plus fortes que celles du mariage.

Et comme Jean Blondeau manifestait son étonnement, elle ajouta :

— C'est l'amour de mon fils qui me lie... Vous voulez que j'aille lui donner un second père qui ne l'aimera peut-être pas ?... qui me volerait un peu de son amour?... Jamais! Je resterai veuve toute ma vie, monsieur Blondeau, n'insistez plus là-dessus!

— Cependant, dit Jean, il vous quittera...

— Il me quittera!...

— Certainement... quand il sera grand, qu'il se mariera...

— Je le suivrai partout... Je serai sa domestique s'il le faut... Je le servirai à genoux; il sera bien obligé de me garder. Passer un jour sans le voir... une nuit sans savoir qu'il respire sous le même toit que moi, cela ne me serait pas possible, voyez-vous...

Il ne fut plus question de mariage entre eux.

Cependant Louis grandissait... Il devenait un fier et beau jeune homme, dans son uniforme de drap noir bordé de rouge, avec son képi crânement posé sur l'oreille. Il était un des plus brillants élèves du collège... La pauvre mère ne se sentait pas de joie, et cependant elle était agitée souvent d'une sourde inquiétude. Peut-être songeait-elle que ses douleurs de mère allaient commencer. Louis devait entrer en rhétorique l'année suivante... Il était temps de songer à la carrière qu'il embrasserait. La pensée de la pauvre mère n'avait pas encore été jusque-là... Elle n'avait jamais osé interroger son fils... Chaque fois que celui-ci avait voulu parler de ses projets d'avenir, elle avait coupé brusquement la conversation.

— Je ne sais pas encore... Nous verrons... plus tard... Je veux que tu ne me quittes pas... Voilà tout !

L'enfant n'insistait pas, pour ne pas chagriner sa mère. Il serait toujours temps de lui faire de la peine.

Un soir, cependant, vers la fin des vacances, Louise, dont le cœur était gonflé à se briser, entama elle-même l'entretien qui lui pesait tant. C'était dans les derniers jours du mois de septembre. La rentrée des classes avait lieu le 2 octobre. Quelques jours auparavant, Louise avait reçu la nouvelle de la mort de sa sœur, et on lui avait annoncé l'arrivée d'une jeune nièce de quinze ans dont elle avait bien voulu se charger... Louis hésita moins à lui confier ses projets, maintenant qu'il voyait qu'elle ne serait plus seule...

Ils venaient d'achever leur dîner; ils étaient assis sur le balcon de leur maison, cherchant un peu de fraîcheur au milieu des souffles chauds qui embrasaient l'atmosphère... Au-dessous d'eux, les bruits de Paris semblaient s'assoupir dans la fatigue sourde d'une journée brûlante...

— Comme le temps passe vite! murmura Louise... Voilà déjà l'été et les vacances qui s'achèvent! C'est dans quelques jours que tu rentres...

— Dans six jours!...

— Comme ces deux mois ont été courts! Cela ne t'ennuie pas de t'en aller toute une journée, sans revenir, sans me voir?...

— Que veux-tu, mère, il faut bien travailler... Et ceux de nos camarades qui habitent loin, qui sont six mois, un an quelquefois sans voir leurs parents?

— Ils n'ont pas de mère! dit Louise.

— Mais si, mère, je t'assure... Seulement, il faut se faire une raison.

— Une raison... une raison. — Ces gens-là n'ont pas qu'un amour au monde, comme moi.

— Il y en a même parmi nous qui ne vont pas en vacances, parce qu'ils demeurent trop loin. Nous avons un petit des Antilles, qui n'a pas vu son pays, sa mère, depuis quatre ans.

Louise eut un frémissement.

— Depuis quatre ans! murmura-t-elle.

— Depuis quatre ans... oui, mère...

— Et toi, Louis, pourrais-tu rester quatre ans ainsi, sans me voir?

— Cela me serait très pénible; mais s'il le fallait absolument...

L'enfant prononça cette phrase avec une fermeté qui fit tressaillir Louise. Un frisson froid passa dans ses veines.

— Donnez donc, dit-elle, toute votre vie, tout votre sang, toutes vos pensées à vos enfants !

Des larmes vinrent au bord de ses cils.

— Je t'ai fait de la peine, mère, dit Louis, pardonne-moi...

Il se jeta dans ses bras.

Louise se détacha brusquement de son étreinte.

— Voyons, Louis, fit-elle, il est temps de me parler franchement. Tu ne m'as pas dit tout cela uniquement pour me faire du chagrin. C'était pour me préparer... Tu as une pensée, tu as une idée... Tu veux me quitter?... Quelles sont tes intentions? Que comptes-tu faire?

— Je veux me préparer pour entrer à Saint-Cyr.

— A Saint-Cyr? C'est loin.

— Mais non, c'est tout près... à huit lieues de Paris...

— Ah! Et qu'est-ce qu'on y fait à Saint-Cyr? demanda la mère, tâchant de surmonter son émotion.

— On continue ses études et on sort sous-lieutenant.

— Sous-lieutenant? Tu veux être soldat?

— Oui, mère...

La pauvre femme jeta vers le ciel un regard éperdu.

— Soldat?... me quitter pour toujours? Puis les guerres... Être tué... Mon Dieu! mon Dieu!

Elle éclata en sanglots.

Louis s'était levé, il allait et venait sur le balcon, le cœur gros, les yeux pleins de larmes.

— Voyons, mère, dit-il, aie un peu de courage. Songe qu'un homme a besoin de se faire une position, une carrière...

La mère releva la tête.

— Une carrière?... Il y en a cent... Et tu choisis justement...

Elle ne put pas achever. Les pleurs étouffèrent sa voix.

Louis s'était jeté à ses pieds. Il embrassait le bord de ses vêtements, ses mains.

— Mère... mère, criait-il, ne te désole pas... Si tu savais comme tes larmes me font du mal!... Il faut que ma vocation soit bien forte pour que je n'aie pas reculé devant la douleur que j'allais te causer.

Les sanglots de la mère redoublaient.

Louis couvrait de baisers son front et ses cheveux.

— Voyons, je t'en prie, calme-toi, écoute-moi...

Louise le regarda d'un air hébété, la figure noyée dans les larmes.

— Parle, dit-elle...

— Dans ma situation, quelle autre carrière veux-tu que j'embrasse? Nous n'avons pas de fortune... Je ne puis pas me résoudre à vivre dans un bureau comme Jean Blondeau.

— Non...

— Je ne veux pas être avocat... La médecine me répugne.

—Il n'est donc pas d'autre métier?

— Lequel?

— Je ne sais pas, moi..., cherche... Tous les hommes ne sont pas soldats, médecins ou avocats...

— C'est le seul état qui me sourie... Il y a trois ans que j'y songe. Il y a trois ans que j'en caresse l'idée...

— Moi qui pensais que tu ne serais jamais soldat, comme fils de veuve, murmura la pauvre femme...

— Ne seras-tu pas heureuse, reprit Louis, fière d'avoir à ton bras un brillant officier, avec des épaulettes d'or qui flamboieront au soleil?

La mère regardait son fils avec une sorte de stupeur. Mille pensées confuses s'agitaient dans son cerveau. La naissance irrégulière de Louis, qu'il faudrait révéler, puis la séparation... C'en était trop... Elle étouffait... Le moment terrible était venu...

Louis ne se doutait pas, en effet, de sa situation. La pauvre mère avait fait tout ce qu'il était humainement possible pour la lui cacher.

Elle tressaillait à l'idée qu'il apprendrait tout un jour, au moment du tirage au sort, et cette idée la faisait mourir de honte d'avance. Elle n'eut pas la force d'entamer la lutte...

— Tu as peut-être raison, murmura-t-elle.

Louis profita de ces bonnes dispositions pour lui énumérer tous les avantages de la carrière qu'il voulait embrasser, pour lui narrer longuement tous les bonheurs, tous les orgueils qu'elle devait leur rapporter. Il lui expliqua comment il pourrait la voir souvent, passer de longs jours avec elle, dans de longs congés... Il ne se marierait pas... Il n'aurait pas d'autre affection qu'elle. Elle serait tout pour lui, comme il était tout pour elle. Il n'y aurait pas de femme, pas de famille pour entrer en partage dans son amour.

Cette idée la remplit d'une joie infinie, ses larmes se séchèrent, et le reste de la soirée s'acheva dans une grande douceur, sous le ciel plein d'étoiles rayonnantes, au milieu de riants projets d'avenir, aussi nombreux et aussi brillants qu'elles.

L'arrivée de Blanche était annoncée pour le lendemain. Louise ne connaissait pas sa nièce, n'ayant jamais pu ou voulu retourner dans son pays depuis qu'elle habitait Paris. Elle était née à Menigoute, petite commune du département des Deux-Sèvres. Son père et sa mère étaient morts jeunes, et elle n'avait conservé là-bas d'autre parent qu'une sœur, la mère de Blanche, morte aussi depuis, comme nous l'avons dit. Cette sœur n'avait jamais quitté la province. Elle s'était mariée et était restée veuve avec une fille. Elle s'était faite couturière pour vivre, et avait appris son métier à son enfant. Comme elle l'avait écrit pendant sa maladie à sa sœur, en la priant de vouloir bien se charger de Blanche, cette dernière « ne devait pas lui être à charge ». Elle avait près de quinze ans et gagnait déjà sa vie. Louise avait pris peu garde à cette remarque, empreinte de l'esprit de prévoyance qui distingue la province. Elle avait accepté ce fardeau comme un devoir, et avait écrit à sa sœur de bannir toute inquiétude et de mourir en paix. Blanche serait chez elle comme sa fille.

L'enfant arrivait par le train du soir, à six heures. Louise et son fils se rendirent à la gare d'Orléans pour attendre la voyageuse. On la reconnaîtrait sûrement à son costume, à sa coiffure surtout, cette grande coiffure à ailes de dentelle, qui est comme l'uniforme des femmes du peuple dans le Poitou. On voulait éviter à la jeune fille les embarras que donnent les bagages aux voyageurs sans expérience et l'inquiétude mortelle qui allait sans doute s'emparer d'elle, en se voyant tomber tout à coup au milieu de cet immense Paris, de cette grande foule indifférente, inconnue et seule.

Le train était signalé avec quelques minutes de retard. Il y avait du monde qui attendait, le visage collé à la grille qui sépare le public des voyageurs, dans la gare d'arrivée... Au delà du grillage, tout était vide encore. Deux employés du chemin de fer et un employé d'octroi causaient au milieu de la vaste salle, sur les larges dalles de pierre, frottées et usées par le passage incessant du flux et du reflux humain qui mine les rives de Paris.

Un grand silence. Quelquefois une toux sonore réveillait l'écho sous les toitures de verre et se perdait dans son immensité. Les gens qui attendaient parlaient peu. L'attente rend muet. Il y avait des anxieux qui se pendaient littéralement aux grilles comme des singes, des indifférents, à demi vautrés sur les banquettes de chêne luisantes... Des enfants de sept à huit ans se haussaient sur leurs petits pieds pour voir, s'imaginant qu'il se passait quelque chose dans l'inconnu, dont ils étaient séparés par la grille. D'autres, plus petits, grimpés au cou de leurs parents, poussaient de temps en temps des cris de joie, ou battaient des mains quand ils espéraient voir s'ouvrir les portes. Des femmes, des mères sans doute, avaient l'air grave, ému, avec une humidité au coin des yeux, comme une larme qui n'ose pas sortir... Elles pensaient à l'enfant ou à l'époux aimé qui leur arrivait de bien loin peut-être...

Louise et son fils vinrent prendre place dans cette foule bigarrée, silencieuse. Ils se postèrent au coin de manière à ne perdre de vue aucun voyageur.

Tout à coup, un grand sifflement aigu, prolongé, perça le silence au loin. C'était le train attendu. Aussitôt les employés sillonnèrent la salle, allant et venant à grands pas, affairés. Le public se jeta sur les grilles, se bousculant, le cœur battant ; puis, dans la sonorité vitrée de la gare, on entendit résonner les grandes roues de fonte frappant les rails, les mugissements sourds de la vapeur comprimée.

Les portes s'ouvrirent enfin. Un flot poussiéreux se précipita. C'étaient les voyageurs. De grands mouvements se firent derrière les grilles. Il y eut des cris de reconnaissance, des baisers échangés de loin. Les enfants se trémoussaient et agitaient leurs petits bras avec des piaillements de joie. On cherchait à se serrer les mains au-dessus du treillage de fer... On se hâtait vers les voitures, vers les bagages... Les arrivants allaient et venaient, un peu effarés, le visage rouge, en sueur, comme brûlé. Il avait fait si chaud! Les employés d'octroi bousculaient ceux qui voulaient passer... Des conducteurs d'omnibus entraient, offrant leurs voitures... Tout cela au milieu de bourdonnements, de criailleries à ne pas s'entendre, dans un va-et-vient incessant qui vous démonte...

Tout à coup, Louis poussa le coude de sa mère. Une jeune fille, les joues crevant de rougeur et de santé, le front encadré de cheveux blonds ébouriffés s'échappant en désordre d'un bonnet de linge, les bras encombrés de petits paquets de toutes formes, un fichu noir au cou, des boucles d'or aux oreilles, avec une croix sur la poitrine, pendue par un ruban bleu, était apparue dans la grande porte, passant à travers la foule sa figure ahurie, ahurie par le bruit, par les tiraillements et les bousculades à droite et à gauche, par la foule, par l'encombrement de ses bagages, par la grandeur démesurée de toutes les choses qu'elle voyait autour d'elle...

— C'est elle! dit Louis...

— Oui... elle ressemble à sa mère...

— Elle sera très jolie...

— Sa mère était très belle...

Cependant la jeune fille, affolée, allait et venait en tous sens, suivant les poussées de la foule, comme une fleur jetée sur la mer obéit au mouvement incessant de l'eau.

Louis demanda à un employé la permission de passer et d'aller au-devant d'elle pour l'aider.

Quand il fut près de la voyageuse et qu'il s'approcha pour lui parler, elle le regarda avec de grands yeux étonnés.

— C'est vous qui êtes mademoiselle Blanche?

— Oui, monsieur.

— Vous arrivez de Menigoute?

— Oui, monsieur...

— Je suis votre cousin...

— Mon cousin? Mais il faut que je vous embrasse alors...

Elle sauta au cou de Louis avec ses paquets voltigeant autour d'elle, et lui appliqua sur les joues deux baisers bruyants.

— Et ma tante?

— Elle est là.

Louis lui montra sa mère, restée derrière les grilles.

Blanche courut vers elle tout de go, comme si elle l'avait toujours connue.

— Bonjour, ma tante.

— Bonjour, mon enfant.

— Je vous embrasserai tout à l'heure.

Louis l'avait suivie pour la débarrasser. Il lui demanda son bulletin pour s'occuper des bagages et l'envoya à sa mère.

Louise accueillit l'enfant avec la plus grande cordialité. Elle semblait gentille, franche, pleine d'abandon et de gaieté, un peu bruyante peut-être, désordonnée dans ses cris, mais c'était un défaut apporté de province qui se corrigerait facilement.

Du reste, l'arrivante lui rappelait tout à fait sa sœur qu'elle avait beaucoup aimée.

C'était le même grand regard bleu, pétillant de vivacité et de malice, la même insouciance évaporée, la même chevelure épaisse se répandant en boucles d'or indomptées.

Les deux femmes ne tardèrent pas à avoir l'une pour l'autre une affection de mère et de fille. Blanche, grâce à la faculté merveilleuse que la femme possède de se métamorphoser et de se faire à toutes les positions, ne tarda pas à se défaire des habitudes qu'elle tenait de sa province et à devenir une véritable petite Parisienne. Ses joues perdirent leur couleur rubiconde. Sa taille s'amincit, serrée dans les corsets de Paris. Elle apprit à parler, à se tenir, à marcher... Elle était docile et avait l'amour du travail.

Louis, qui avait d'abord considéré la nouvelle venue avec assez d'indifférence, était étonné tous les jours des transformations qui s'opéraient en elle...

Louise Robert recevait le premier de chaque mois, par les soins d'un notaire de Paris, une somme de deux cents francs qui lui avait été régulièrement servie à partir du jour où elle avait eu son enfant. Elle n'avait jamais vu ce notaire et n'avait jamais demandé d'explication. Cet argent était accepté par elle comme une compensation due à son fils; elle se faisait même un scrupule d'y toucher pour ses besoins personnels.

Son travail suffisait à la nourrir; la pension était consacrée tout entière à l'éducation de Louis. Jamais elle n'avait entendu parler, depuis la nuit de l'hôtel Saint-Jacques, de l'homme qui l'avait séduite et trompée. Il avait disparu tout à coup, soit qu'il eût sombré corps et biens dans le gouffre parisien, soit qu'il eût été continuer à l'étranger ou en province sa vie d'oisif et de débauché. La pauvre femme, du reste, s'était efforcée de l'oublier et avait fui tout ce qui pouvait lui rappeler son souvenir.

C'était le 2 octobre, nous l'avons dit, quelques jours après l'arrivée de Blanche, qu'avait lieu la rentrée de Louis au collège.

Le premier, l'argent n'arriva pas comme de coutume. Louise s'en inquiéta peu. Un jour de retard était possible. Elle rassembla tout ce qui lui restait d'économies et put payer le premier trimestre de son fils.

Le lendemain, rien ne vint. Deux jours se passèrent, puis trois. Alors l'anxiété commença à gagner la pauvre femme. Elle ne pouvait faire part ni à son fils, ni à Blanche, de ses mortelles angoisses. Louis avait toujours cru qu'elle avait une petite fortune venant de son père, dont elle touchait les revenus. Comment lui dire, comment lui expliquer, si elle ne pouvait plus faire face aux dépenses de son collège? Cela allait lui manquer juste au moment où il avait arrangé son avenir, au moment où il venait de lui confier ses idées d'ambition et de gloire...

La malheureuse mère ne voulait pas croire encore à son malheur. Il fallait si peu de temps pour achever l'éducation de Louis! Le ciel ne voudrait pas qu'une pareille douleur lui fût réservée. Elle avait déjà tant souffert!

Au bout de huit jours, Louise n'y tint plus. La contrainte à laquelle elle était obligée pour ne pas laisser voir ses terreurs à Louis et à Blanche, la tuait. Elle faisait des efforts surhumains pour faire bon visage devant ses enfants ; puis quand elle était rentrée dans sa chambre, seule, des larmes brûlantes coulaient de ses yeux et inondaient ses draps. Elle ne dormait plus ; ses tempes pâlissaient, ses yeux se creusaient.

Elle prit, un matin, une grande résolution. Elle se rendit chez le notaire.

Le notaire habitait, rue de Richelieu, une de ces grandes maisons qui sont de véritables bazars. Il y a là-dedans tous les corps de métiers. Des camions de toutes dimensions encombrent la cour. Sous la grande porte cochère, des fiacres, des charrettes passent sans cesse, rasant de leurs roues les bornes de pierre qui défendent les murs.

Il était neuf heures quand Louise arriva. Toute la maison était en remue-ménage déjà. Elle eut toutes les peines du monde à trouver le concierge. On le lui montra enfin qui allait et venait, affairé, au milieu de la cour, se disputant avec les charretiers ou avec les gens qui passaient, chargés de paquets ou de grands cartons pour les fleurs.

Louise s'approcha timidement et demanda le notaire.

Il la toisa malhonnêtement.

— Le notaire? dit-il, au deuxième à gauche; vous ne savez donc pas lire?... C'est écrit partout.

Il tourna le dos.

Louise rentra sous la voûte. C'était écrit partout, en effet, l'adresse du notaire. Comment ne l'avait-elle pas vue? Elle monta à pas lents le grand escalier sec et froid avec ses panneaux de marbre, la mort dans l'âme... Qu'allait-elle dire? Comment s'expliquerait-elle?... Comment serait-elle reçue?

Arrivée à l'étage indiqué, elle frappa doucement à la porte.

On ne répondit pas...

Elle frappa plus fort.

La porte s'ouvrit brusquement.

— Vous ne voyez donc pas qu'il faut tourner le bouton? cria une voix brutale... C'est pourtant écrit tout au long.

La pauvre femme, tout à son idée, tout au discours qu'elle préparait en elle-même pour le notaire, ne voyait rien. Puis, elle n'avait pas l'habitude de ces maisons... Elle ne savait pas.

Ahurie, rouge de timidité et de confusion, elle tomba dans une pièce occupée par sept ou huit jeunes gens, qui cessèrent d'écrire pour la dévisager curieusement...

— M. X...? demanda-t-elle toute tremblante.

— Le patron? fit un clerc... C'est à lui-même que vous voulez parler?

— Oui, monsieur...

— Il est en affaires... Il ne sera pas ici avant dix heures... Mais il y a le premier clerc.

— C'est à M. X... que je désirerais parler.

— Alors il faudra attendre... Voici une chaise... asseyez-vous !

Louise s'assit machinalement et attendit.

Les clercs reprirent leur besogne, leur curiosité satisfaite... Les plumes grincèrent sur le papier timbré. De temps en temps, une tête passait par une porte entre-bâillée et une main lançait sur un bureau des grosses à recopier. C'était le premier clerc. Des visiteurs entraient, demandaient un renseignement, puis s'en allaient... C'était mortel... Dix heures, puis dix heures et demie sonnèrent... Le patron ne paraissait pas.

Le jeune homme qui avait parlé à Louise s'approcha...

— Vous feriez peut-être mieux, madame, dit-il, de revenir cette après-midi... Il est possible que M. X... ne vienne pas maintenant avant déjeuner.

La pauvre femme se levait automatiquement pour s'en aller, quand la porte s'ouvrit.

Un homme gros, rouge, avec de longs favoris blonds, tombants, entra bruyamment. Les clercs se couchèrent sur leurs pupitres. Il traversa la pièce sans rien regarder.

Le jeune homme alla à lui, au moment où il passait la porte de son cabinet.

— Il y a une dame qui désirerait vous parler.

Il revint sur ses pas, d'un air de mauvaise humeur, contrarié.

— C'est à moi-même, madame, que vous désirez parler?

— Oui, monsieur.

— Si c'est pour une affaire concernant l'étude, il y a le premier clerc.

— C'est pour une affaire personnelle, murmura Louise.

— C'est différent. Passez, madame.

Il s'effaça et la laissa entrer. Il lui indiqua un siège et revint vers la pièce où se trouvaient les clercs, commander de la besogne, précipitamment donner des ordres, demander des renseignements, lire des papiers qu'on lui remettait, expédier des signatures.

Pendant ce temps, Louise était seule dans le bureau, une grande pièce banale, avec un tapis vert, des casiers de même couleur le long des murs, un bureau au milieu, encombré de cahiers et de papiers de toutes sortes.

Le notaire entra enfin.

— Je vous demande mille pardons, madame, mais nous sommes tellement bousculés. C'est à peine si j'ai le temps...

Il sortit sa montre.

— Dites-moi vite ce qui vous amène...

Louise allait commencer sa confidence. Une porte s'ouvrit, à gauche. C'était le premier clerc.

Il venait demander un renseignement. On causa cinq minutes pendant lesquelles Louise était tordue par toutes les angoisses de la crainte, la crainte de l'effrondement qu'elle redoutait. Une sueur froide perlait à ses tempes. Son cœur dansait dans sa poitrine. Elle avait, par moments, comme des affaissements, des arrêts brusques dans la circulation de son sang. Elle croyait qu'elle allait tomber...

Le premier clerc partit enfin.

Louise s'avança pâle comme une morte.

— Je suis Louise Robert, balbutia-t-elle.

— Louise Robert? interrogea le notaire, comme ne sachant pas ce qu'elle voulait dire.., Louise Robert? Ah! oui, la pauvre femme à qui j'avais été chargé de servir une pension...

— C'est cela, oui, monsieur, fit Louise, soulagée...

— Eh! bien? demanda le notaire.

— Nous sommes le 8 octobre...

— Et?... fit le notaire.

— Et je n'ai rien reçu... acheva la pauvre femme.

— Mais, madame, dit le notaire, indifférent,

il y a une bonne raison pour cela, c'est que la somme que j'avais à votre crédit est épuisée.

— Épuisée?... balbutia la malheureuse, la voix étranglée.

— Oui, madame... Ce n'est pas moi qui avais reçu mandat de vous servir cette pension, c'est mon prédécesseur. Je ne connais même pas le client qui la lui avait remise.

— Mon fils! murmura Louise, qui se cramponna à la table pour ne pas tomber...

— Madame, je n'y puis rien, reprit le notaire, je vous le répète, je n'ai jamais vu le client.

Il lui indiqua la porte, pressé, n'ayant pas de temps à perdre.

Louise sortit du bureau en chancelant. Il lui semblait que tout se dérobait sous elle. L'effondrement qu'elle craignait s'était produit subit, brutal, sans espoir...

Elle avait cru, jusque-là, qu'en donnant des explications, en disant qu'il ne lui fallait plus que deux ans, trois ans tout au plus, elle obtiendrait encore quelque chose, tandis qu'elle se heurtait à l'impossibilité absolue d'arrêter les choses. Elle avait trouvé devant elle un homme qui ne savait même pas, qui ne connaissait pas le client, comme il disait. Qu'était devenu celui-ci? Elle l'ignorait. Comme elle regrettait maintenant de n'avoir pas suivi ses traces de loin! Elle se serait abaissée jusqu'à lui écrire, jusqu'à l'implorer. C'était pour son fils et que ne ferait-elle pas pour son fils? Mais cette ressource même lui était enlevée. Il n'y avait plus rien à faire, rien, rien... C'était l'abîme!...

Comment remonta-t-elle chez elle?... Elle l'ignora. Elle allait par les rues, machinalement, sans voir, comme perdue dans les ténèbres du malheur, heurtée par les passants, menacée par les fiacres, injuriée par les cochers.

Elle rentra, n'osa pas voir Blanche et se renferma dans sa chambre, où elle fondit en sanglots...

V

Louise laissa passer le trimestre sans oser parler à son fils de la nécessité terrible où elle allait se trouver d'interrompre ses études. Elle s'était mise au travail avec plus d'acharnement que jamais, passant en cachette la moitié des nuits. Blanche s'était attelée courageusement à la besogne, mais malgré tout la pauvre femme voyait bien qu'elle ne pourrait jamais arriver à payer le collège de Louis. Elle avait donné congé de son appartement de la rue de Châteaudun, et était venue habiter dans la maison de Jean Blondeau, boulevard des Batignolles, un petit logement de quatre cents francs sous les toits.

Cependant la fin du trimestre approchait à

grands pas. Ce que l'on redoute vient toujours vite. La malheureuse mère vivait dans des transes continuelles. Elle dormait peu et maigrissait à vue d'œil. Son fils s'apercevait bien de sa pâleur et lui demandait dix fois par jour si elle était souffrante. Elle répondait négativement et s'efforçait de sourire et de paraître gaie...

Il fallut enfin qu'elle se décidât à parler. Elle attendit pour cela la veille de l'échéance. Elle fit entrer son fils dans sa chambre.

— Mon cher enfant, lui dit-elle, il faut t'attendre à un grand chagrin.

Louis la regarda d'un air d'inquiétude profonde.

. — Un grand chagrin ? murmura-t-il... Parle, mère...

— Il te faudra du courage pour le supporter, autant de courage qu'il m'en a fallu pour te le cacher pendant trois mois... Nous sommes ruinés...

— Ruinés ? demanda Louis...

— Oui, répondit-elle.

Elle n'eut pas la force d'en dire davantage.

Sa tête roula dans ses mains, abîmée dans les larmes.

— Mon pauvre enfant ! mon pauvre enfant ! répétait-elle à travers ses sanglots.

Louis la releva, la consola.

— Pourquoi te désoler ainsi, mère ? Relève-toi... Aie du courage !... J'en aurai... Nous travaillerons davantage.

— Mais c'est pour toi, mon pauvre enfant, pour ton avenir, cet avenir glorieux que tu rêvais... Tu ne pourras plus continuer tes études. Il faudra que tu trouves une place pour gagner de l'argent, car notre salaire est bien peu de chose à nous deux. Les femmes sont si peu payées !

Louis était un caractère sérieux et résolu. Il envisagea la situation telle qu'elle était, fit mentalement le sacrifice de ses projets et de ses espérances, et prit sa mère dans ses bras.

— Mère, lui dit-il, si tu ne pleures que pour moi, sèche tes larmes. Le malheur qui nous arrive m'est pénible, très pénible, mais je saurai le supporter avec courage... Je préviendrai demain au collège, je rapporterai mes livres et chercherai à me placer. M. Blondeau m'aidera pour cela. Je regrette que tu ne m'aies pas prévenu plus tôt.

— Mais, mon pauvre enfant, je n'en avais pas le courage...

— Pauvre mère folle d'amour ! Je t'aurais consolée, moi... Tu n'aurais pas souffert seule ainsi pendant trois mois !

Il s'efforça de sourire et Louise se calma.

Louis fit tous ses efforts pour surmonter son chagrin et ne pas laisser voir à sa mère combien il était triste. Il prenait une physionomie riante pour rentrer à la maison; mais chaque matin, quand il sortait, quand il était hors de sa vue, il se sentait les yeux pleins de larmes à travers les rues indifférentes. C'est, le cœur bien gros, qu'il fit ses adieux au collège, qu'il serra pour la dernière fois la main de ses camarades. C'était pendant la récréation de midi qu'il prit congé d'eux. Gais, insouciants, ils jouaient dans la cour sablée, sous un de ces pâles soleils d'hiver qui ont tant de charme. Des éclats de rire partaient de tous les coins, comme des fusées.

Louis marchait à travers les groupes, somnambuliquement, pour ainsi dire, ne voyant et n'entendant rien, tout à sa douleur intérieure qu'il ne voulait pas laisser paraître. Jamais la grande cour qu'il allait quitter ne lui avait paru aussi belle, aussi pleine de gaieté et de bonheur.

Il allait à ceux des élèves qui étaient le plus particulièrement ses camarades. Il prenait un ton dégagé.

— Tu sais ? je quitte le collège.

— Ah ! répondait l'autre, insouciant, tu t'en vas ?

— Oui...

— Et où vas-tu ?

— Je ne sais pas encore...

— On te reverra ?

— Certainement.

— Au revoir, mon vieux.

— Au revoir...

On se serrait la main, et l'ami retournait à son jeu, pendant que Louis continuait, de groupe en groupe, son douloureux pèlerinage. A chaque élève, c'étaient les mêmes questions et les mêmes réponses. Que leur importait, aux autres? Pour un camarade perdu, dix se retrouvent. Cette indifférence glaçait Louis. Aucun, même parmi ses plus intimes, ne lui avait donné une parole de regret. Aucun ne s'était demandé si quelque grand chagrin ne motivait pas ce brusque départ. A cet âge, on ne voit pas les choses de si loin. Il refoula en lui-même sa douleur et ses pensées et sortit du collège, son petit paquet de livres à la main, en proie à une tristesse indéfinissable.

Quelques jours après, Louis faisait l'apprentissage, en compagnie du père Blondeau, de la vie de déboires et de déceptions qui attend le jeune homme sans fortune qui veut se créer une position à Paris.

Au ministère des finances, où il fut présenté, il n'y avait pas d'emploi vacant. Dans les maisons de banque, où il chercha ensuite, on n'avait besoin de personne. Les affaires allaient si mal! Deux mois se passèrent en démarches, sans résultat.

Un matin, le pauvre enfant était sorti plus découragé que jamais, quand il croisa, au coin d'une rue, un de ses anciens camarades, de deux ans plus âgé que lui, et qui avait quitté le collège l'année précédente.

Ce dernier, mis prétentieusement, avec des bijoux voyants, un lorgnon dans l'œil, une badine à la main, un veston court, s'avançait vers lui, en évaporé, sans le voir. Il le heurta presque.

— Mais je ne me trompe pas? s'écria-t-il en rajustant son monocle. C'est Louis Robert! c'est toi?

— Oui, c'est moi, répondit Louis.

— Tu as lâché la boîte?

— Depuis deux mois.

— Félicitations ! Quelle *cassine !*

Louis ne répondit pas.

— M'en ont-ils fait avaler, ces rabâcheurs-là, du latin et du grec!... Pour ce que ça sert!... Et que fais-tu maintenant?

— Rien encore.

— Tu cherches?

— Oui...

— Et tu ne trouves pas?

— Malheureusement...

— Tu n'es pas riche ?

— Non...

— C'est comme moi. Ah! nous n'avons pas eu de veine! nous avons été mal partagés... Et il y a des Rothschild qui n'ont pas d'enfant!... Il leur serait si facile de nous adopter!

Devant le visage attristé de Louis, il cessa de plaisanter.

— Sérieusement, tu as besoin de trouver quelque chose ?

— Oui.

— Rapidement ?

— Le plus tôt sera le meilleur. Il y a deux mois que je cherche...

— Et l'abondance ne règne pas à la maison ? Je connais ça. Ah! on ne remue pas l'or à la pelle, chez nous non plus... Tu sais, mon pauvre vieux, je suis tout à ta disposition... si je peux te rendre service.

— Merci... répondit Louis. Je n'ai besoin de rien... pour l'instant.

— Que comptes-tu faire ?

— Je ne sais pas... ce que je trouverai...

— Tu n'as pas de préférence ?

— Je ne puis pas en avoir.

— Pourquoi ne ferais-tu pas comme moi ? Ça vaut mieux que d'être dans un bureau toute la journée. On est libre, du moins, on peut battre le pavé, flâner, et quelquefois on gagne pas mal d'argent, quand les *sinistres* donnent.

— Les sinistres ? demanda Louis.

— Oui, les sinistres, ça fait de la *copie*...

Alors le jeune homme lui expliqua ce qu'il faisait... Il était rédacteur, — rédacteur était peut-être ambitieux, — *reporter* plutôt dans un journal. Il faisait en moyenne ses deux mille à deux mille cinq cents lignes par mois, ce qui lui assurait, à quinze centimes la ligne, un traitement d'environ trois cents francs. Dans les bons mois, dans les mois à exécution ou à incendie, il allait jusqu'à cinq cents. Il avait fait sept cents francs, une fois, avec deux grands assassinats.

Louis trouva d'abord le métier singulier.

Son ami lui expliqua alors tous ses agréments, tous ses avantages... les entrées dans les théâtres, dans les bals, à Mabille, les facilités qu'il procurait d'approcher les actrices, — ce rêve *poudrederisé* de tous les collégiens.

— Veux-tu que je t'emmène avec moi? conconclut-il. Les *reporters* sont toujours bien accueillis, surtout quand ils sont jeunes et intelligents comme toi. Je te piloterai... Tu viendras avec moi. Nous ferons les grands faits ensemble. Tu prendras les renseignements, moi je délayerai. Délayer, tout est là; ça fait de la ligne... Je peux t'assurer de mille à quinze cents lignes, dès le début.

Louis, pris de l'idée d'être utile à sa mère, accepta. Il suivit son ami.

Celui-ci l'entraîna dans la rue d'Aboukir, dans un endroit qui lui parut le plus étrange du monde. Des affiches multicolores bariolaient l'entrée de la porte. Il fallut, pour passer, grimper sur des tas de papiers, enjamber des rouleaux qui séchaient, des bobines. De véritables barricades se dressaient devant l'arrivant. Les murs du haut en bas étaient passés à l'encre, une encre grasse, tachant les mains et les vêtements. Dans le fond du couloir, derrière un vitrage sale, poussiéreux, plein de toiles d'araignées aux extrémités, le jeune homme aperçut des hommes noirs, s'agitant comme des démons, chargés de tas de journaux humides, transportant de longs rouleaux noirs. Le sol tremblait sous la trépidation de deux ou trois machines... Des cris, des va-et-vient, un tapage infernal, fait de toutes sortes de bruits réunis.

— C'est là qu'on imprime, dit le *cicerone*. Nous verrons ça plus tard. Il faut nous presser ; nous ne trouverions plus personne.

Il s'engagea lestement dans un escalier à gauche. Louis le suivait en tâtonnant, son pied heurtant les marches, au milieu d'un demi-jour obscurci par la noirceur des murs...

On monta ainsi jusqu'au deuxième étage.

L'obligeant conducteur poussa une porte.

— Attends-moi là, dit-il à Louis, je reviens.

Il s'engagea dans un couloir sombre.

Louis resta seul dans une sorte d'antichambre délabrée, avec des chaises dépaillées, boiteuses, pour mobilier. Un petit vieillard, coiffé d'une calotte de velours, assis devant une table nue, comptait des bandes et les entassait par paquets devant lui.

Du fond du couloir s'échappaient de grands éclats de rire. Des portes s'ouvraient; des jeunes gens passaient en courant, un morceau de papier griffonné à la main... La sonnette s'agitait dans le vide de temps en temps, sans que personne y répondît. Le petit vieillard ne pouvait pas se déranger... On entendait des jurons.

— Quelle boîte! Jamais personne! En voilà un service!

Alors la porte s'ouvrait à grands fracas: un homme passait en maugréant et traversait à grand pas l'antichambre sans faire attention à Louis.

Le *reporter* reparut enfin.

Il prit Louis sous le bras.

— Eh! bien, tout est entendu. Tu peux commencer demain. Tu as même une rude veine pour tes débuts. Il y a une exécution, Moreau et Boudas. J'en suis chargé..., si tu veux nous la ferons ensemble. C'est deux cents lignes assurées, cent chacun.

Louis inclina la tête, acceptant tout ce qu'on lui disait, et remercia chaleureusement son nouvel ami.

VI

Comme le lui avait dit son ami, Louis avait de la chance pour ses débuts. La double exécution de Moreau et de Boudas était un événement pour le monde des *reporters*. Depuis nombre d'années, pareil fait ne s'était produit, et depuis quinze jours, tous les *lignards* (on appelle ainsi, dans les journaux, les rédacteurs payés à la ligne) attendaient avec impatience que le signal convenu leur eût été donné. C'était la femme du bourreau qui passait elle-même dans les bureaux de rédaction. Elle laissait la carte de son mari avec cette annotation au crayon : « Demain matin. » On savait ce que cela voulait dire.

Quand Louis rentra, il fit part à sa mère de

sa rencontre et lui dit qu'il avait enfin trouvé un emploi. Il allait devenir « reporter » dans un journal.

— Reporter? demanda Louise qui ne savait pas ce que ce mot signifiait.

Alors le jeune homme lui donna des détails sur le métier qu'il allait embrasser. Il pouvait gagner tout de suite trois cents francs par mois. Il ne serait pas trop pris. Il pourrait travailler, achever ses études, puis devenir rédacteur avec des appointements fixes. On gagne gros quand on a un nom.

Louise, qui était très bourgeoise, avait entendu parler des journalistes comme on en parlait il y a dix ans dans la bourgeoisie. Leur vie était une vie de folie et de désordre, semée de bonnes fortunes dans les coulisses de théâtre, et d'orgies dans les cabinets particuliers. C'était l'idée qu'on se faisait alors de l'existence des écrivains, et qu'on s'en fait encore à Carpentras, — mais on est bien revenu là-dessus dans les milieux éclairés. Le rédacteur, à part quelques exceptions qui tendent à disparaître tous les jours, est aujourd'hui un bourgeois, aussi bourgeois que le premier bourgeois venu, rangé, économe, marié, avare même quelquefois. Sa vie se passe dans son cabinet à travailler ou à lire, et ce qu'il redoute le plus, ce sont les occasions indispensables qui viennent le distraire de la besogne qu'il aime, et le forcer à sortir de chez lui, aux heures de travail, comme les dîners auxquels il est obligé de se rendre, les mariages ou les enterrements qu'il ne peut pas manquer.

Louise ne se doutait guère de cela, aussi écouta-t-elle son fils avec un serrement de cœur. Elle chercha à le détourner d'entrer dans cet enfer (c'est l'expression dont elle se servit); elle lui débita toutes les vieilles rengaines qui avaient cours sur les bohèmes qui vivent de littérature. Le jeune homme, qui sentait qu'on avait besoin d'argent chez lui et qui voulait aider sa mère, qui de plus était écœuré des refus essuyés partout où il s'était présenté, demeura ferme et se mit dès le lendemain à noircir du papier à tant la ligne.

Ses premières lignes imprimées, bien

qu'elles eussent paru sans signature, intercalées dans une rubrique générale, lui causèrent une profonde émotion. Il avait raconté un petit fait, dont il avait été témoin par hasard, et on lui avait inséré cela dans les faits divers presque sans retouche. On s'était borné à supprimer quelques réflexions d'une tournure un peu naïve. Il y avait trente lignes à quinze centimes. Il avait quatre francs cinquante centimes à son crédit. C'était le premier argent qu'il gagnait, et on sait combien ce premier argent fait plaisir!

Le lendemain avait lieu la fameuse exécution qui devait servir de véritable début au nouveau reporter.

— Tu seras au bureau à dix heures, lui avait dit son ami, Aymeric Dufossé, nous flânerons un instant dans les cafés, puis nous irons souper au Helder, en attendant l'heure.

Louis promit d'être exact.

Quand la mère sut que son fils allait passer toute la nuit dehors pour voir guillotiner deux hommes, elle fut prise d'une angoisse mortelle. C'était en hiver; les nuits étaient froides, le temps humide. Il allait s'enrhumer, attraper une fluxion de poitrine peut-être. Elle lui fit prendre un gros paletot, lui bourra ses poches de foulards et l'accabla de mille recommandations. Surtout qu'il n'eût pas froid aux pieds. Il fallait marcher, ne pas rester immobile sur la place, par crainte des fraîcheurs. Il fallait fermer les yeux au moment pour ne pas être trop ému. En disant cela, la pauvre femme sentait un frisson parcourir tous ses membres. Son enfant, si frêle, si délicat, dans le brouillard froid, assistant à de telles horreurs. Comment avait-il ce courage ?...

Louis souriait; il était gai, plein d'ardeur, il faisait le crâne. La nuit sans sommeil ne l'effrayait pas. Quant au froid, est-ce qu'il n'y avait pas du feu chez les marchands de vins, autour de la place? Il boirait du vin chaud et du punch avec les autres en attendant. On lui avait raconté tout ce qu'on faisait d'habitude, entre *reporters*, ces soirs-là. L'exécution était un spectacle, le souper au Helder, au milieu des femmes, une partie de plaisir. Il y pensait, depuis qu'on le lui avait dit, avec des appétits de collégien. Il mangerait des mets qu'il ne connaissait pas même de nom, du potage *bisque*, des écrevisses bordelaises, arrosées de champagne frappé. Il coudoierait ces femmes à grands falbalas, fardées mais supérieurement chaussées, qu'il avait vues de loin sur les boulevards et dont il avait déjà regardé les bas de soie multicolores avec des regards de convoitise.

Aymeric était au bureau à dix heures, comme il l'avait promis. Il était de fort méchante humeur. Il grognait contre l'administration, contre le caissier. Il avait fixé pour ses menus frais de la nuit, dépenses, voiture, etc., une somme qu'on ne lui avait pas accordée. On lui avait donné un louis. C'était dérisoire. La voiture seule coûterait vingt-cinq francs, car il voulait la garder pour suivre le corps jusqu'au Champ-de-Navets. Il avait demandé une avance sur ses lignes. Elle lui avait été refusée. Il avait envie d'envoyer tout au diable. Ils feraient faire leur exécution par le caissier, s'ils voulaient. Quant à lui, il n'y ficherait pas les pieds. Il n'était pas homme à passer la nuit blanche pour vingt francs.

Il fit toutes ces doléances à Louis qui en était tout décontenancé.

— As-tu de l'argent? demanda-t-il, sa première fureur calmée.

Louis chercha dans ses poches... Il avait quinze francs.

— Quinze francs et vingt francs, ça fait trente-cinq francs. C'est maigre. Nous enverrons la voiture au bureau demain matin. Il faudra bien qu'on la paye. Mais a-t-on idée de pingres pareils? Ailleurs, pour une nuit pareille, on donne cent francs sans compter.

Louis ne savait trop que répondre. Il gardait le silence, embarrassé.

Aymeric se leva, prit son chapeau, sa canne.

— Allons sur le boulevard! Ce n'est pas en pleurnichant ici qu'il tombera des louis dans notre poche. Je trouverai peut-être un ami aux Variétés. Il me prêtera un louis... Ça nous fera cinquante-cinq francs. Avec ça on peut marcher. Quant à l'exécution, ils en auront pour leur argent. S'ils s'imaginent que je vais me mettre en frais de style!

Il ferma à toute volée la porte de la rédaction.

— Si on venait me demander, dit-il au garçon endormi sur une banquette dans l'antichambre, je ne reviendrai plus ce soir.

— Bien, monsieur, répondit l'homme qui se releva à moitié, bâillant et s'étirant.

— Si c'est pressé, je serai au Helder à minuit.

— Bien, monsieur.

On se dirigea tout droit vers le café des Variétés. Là ne se trouva pas l'ami disposé à prêter vingt francs. Tous les *reporters* avaient besoin de leur argent pour la grande nuit qui se préparait. Tous, d'ailleurs, maugréaient contre leur journal. Tous étaient « sans un radis », mécontents de la gratification allouée. Les projets de souper au champagne tombaient dans l'eau, un à un. On mangerait un morceau avec du jambon, chez un marchand de vins, autour de la place; ce serait moins cher. Aymeric n'avait pas encore lâché l'idée du Helder. Il tenait bon par amour-propre, devant Louis. Il en trouva deux ou trois qui se joignirent à lui. On demanderait une assiette assortie, du poulet froid. Ce ne serait pas le diable. Au moins on trouverait des femmes, on rigolerait, tandis que chez les marchands de vins, au milieu de l'encombrement, on aurait toutes les peines du monde à se caser et surtout à se faire servir.

Il était onze heures et demie. Il fallait attendre une heure, pour avoir plus faim. Quelqu'un parla de prendre l'absinthe, de l'absinthe à minuit, pour épater les consommateurs du café. L'idée fut acceptée avec enthousiasme. On parlait tout haut de l'exécution que l'on allait voir, de façon à être entendu des gens placés aux autres tables, qui ouvraient de grands yeux étonnés. On se posait en blasés. La vue du sang ne faisait plus rien. Il y avait des condamnés qui faisaient des grimaces affreuses « avant l'éternuement ». D'autres avaient le rictus. Ils s'avançaient vers la guillotine en riant aux éclats. C'était très drôle. Quelqu'un raconta qu'il s'était approché si près de la machine, que le sang de l'exécuté lui avait jailli à la figure.

Louis sentait un immense dégoût l'envahir. Il était pâle, triste, muet, dans son coin, cherchant à se faire oublier.

Aymeric appela l'attention sur lui.

— C'est mon ami qui va en avoir de *l'émoss*...

On regarda Louis qui se trouva gêné.

— Monsieur n'a jamais vu une exécution ?

— Jamais !

Aymeric ajouta à demi-voix :

— Ça sort du collège. Innocent comme l'enfant qui vient de naître !

Alors on fit les hommes forts pour l'étonner.

— Ça fait de l'effet la première fois, dit quelqu'un. Moi, je me souviens que j'étais très ému.

— Laisse donc, dit un autre, moi j'ai avalé ça absolument comme si j'avais avalé un bock. Ça ne m'a pas fait sourciller. Ils ne sont pas intéressants, après tout, ces bonshommes-là.

— Non, mais c'est le sang. C'est dégoûtant ce sang... puis le tronçon rasé net, avec la chair qui frémit, les nerfs qui tremblotent... Avez-vous remarqué le tronçon, comme c'est répugnant ? Ça vous fait peur. Parole d'honneur, je ne puis pas y penser sans avoir le frisson. Et cependant j'en ai vu, après la Commune.

— Des fusillades? Ce n'est rien... ce n'est pas la même chose. Pan! pan! l'homme tombe. On ne voit rien. Tandis que ce couperet qui se relève avec ces traînées de sang qui coulent, cette tête effarée qui vous regarde...

— Avec ça qu'on a le temps de l'examiner, la tête... On la jette dans le panier...

— Le temps? parfaitement. Moi je l'ai toujours très bien vue...

— Moi aussi...

— Je vous dis que c'est impossible!

— Parce que tu fermes les yeux.

— Fermer les yeux! Allons donc! J'en ai vu plus que toi, des exécutions.

— Il est certain qu'on n'a pas beaucoup le temps, fit une voix conciliante.

— Et moi, je vous dis que c'est très facile, pendant que le bourreau tient la tête.

Une discussion assez vive s'engagea là-dessus. Elle menaçait de ne jamais finir, chacun soutenant avec chaleur son opinion, quand on fit observer que l'heure approchait. Il était minuit et demi. Le temps d'aller au Helder. On régla les consommations, et on descendit le boulevard. Le trottoir commençait à devenir désert. Sur la chaussée, les voitures étaient rares. Il n'y avait plus que les cafés qui flambaient encore. Tous les magasins étaient fermés. L'endroit occupé par eux formait comme des vides d'ombre entre les réverbères. Louis n'était jamais passé sur les boulevards aussi tard. Il n'avait jamais vu cet aspect si particulier que prend Paris entre minuit et une heure du matin, avec ses voitures qui s'enfuient, ses cafés qui se vident, ses groupes de noctambules qui stationnent quelle que soit la saison, ses cercles et ses cafés de nuit qui s'allument à leurs premiers étages, ses devantures qui s'éteignent, son grand mouvement qui se calme et son bruit incessant qui s'apaise graduellement...

Il y avait peu de monde encore au Helder. Il était de bonne heure. On monta les marches couvertes de tapis rouges et on longea un couloir encore sombre, sur lequel s'ouvraient les portes de petits cabinets dont on voyait les couverts dressés avec leur nappe blanche, leur pain doré sur la serviette en bonnet d'évêque, et le flambeau à plusieurs branches au milieu de la table. Quelques femmes circulaient dans le vide, secouant leur éventail, venant regarder effrontément sous le nez les arrivants. Il y avait des frissons de robe de soie; des garçons passaient en coup de vent. Des portes s'ouvraient, se fermaient, mais personne encore. On attendait et on préparait les soupers pour la nuit. Les femmes qui erraient déjà là étaient toutes vieilles et laides, atrocement fardées, vêtues de toilettes de couleur criarde, surchargées de fanfreluches, de rubans et de dentelles, et qui semblaient avoir été décrochées, le matin, à la devanture de quelque marchande à la toilette. C'était l'escadron de ce qu'on appelle la *vieille garde*. Elles arrivaient de bonne heure pour « pincer » quelque pratique naïve avant la concurrence que les jeunes allaient leur faire. Aymeric, son lorgnon dans l'œil, les considérait avec un dédain visible et ne répondait pas à leurs avances. Il leur frappait sur le bras en passant, pour s'amuser, faisait lever un nuage de poudre de riz, et chacun de rire.

Louis, saisi par l'étrangeté de ce spectacle, restait béant, sans dire un mot, plein de pitié pour ces femmes qu'il sentait malheureuses et qui n'osaient pas se fâcher devant le mépris qu'on leur laissait voir. Une scène avec un client pouvait leur faire fermer la porte de l'établissement. C'était leur pain qu'elles perdraient.

On entra dans la salle commune. Il y avait trois ou quatre tables prises déjà par des gens qu'on reconnaissait à leur mine et à leur contenance pour des provinciaux, venus pour mener à Paris la grande vie du Helder ou de l'Américain. La *vieille garde* voltigeait autour d'eux. Ils mangeaient avec appétit du rosbif saignant, plaisantant, la bouche pleine, la figure rouge, suant le vin, avec les femmes qu'ils pinçaient de temps à autre, avec de grands éclats de rire, heureux de se trouver si spirituels. C'étaient, on le voyait, des maris en rupture de ménage, venus à Paris pour s'amuser. Ils ne se privaient de rien. Tout abondait sur la table. Ils offraient à boire à toutes les femmes qui passaient.

Les journalistes s'éloignèrent de ce milieu bruyant et allèrent se mettre dans le coin opposé, près de la fenêtre.

On demanda un consommé aux œufs pochés, du rosbif et du jambon, du bordeaux. Il fallait quelque chose de substantiel pour passer la nuit.

On se mit à manger, tout en continuant à parler de l'exécution... C'était très gai. Louis, que le besoin de sommeil pressait, avait comme des hallucinations. Des têtes coupées dansaient devant lui, et la vue de la viande saignante dans son assiette le fit tressaillir.

A une heure et demie, quelques nouvelles femmes entrèrent, plus jeunes, quelques-unes assez belles. Elles vinrent rôder autour de la table, virent au menu qu'il n'y avait pas gras, et s'en allèrent flâner du côté des provinciaux.

Aymeric essaya d'en retenir deux ou trois, en les tirant par leur robe.

Elles se dégagèrent d'un coup sec d'éventail sur les doigts, et s'éloignèrent avec une moue dédaigneuse ; quelques injures furent échangées.

Cependant, d'autres consommateurs entraient. Il y eut foule bientôt. Les garçons semblaient regarder d'un air singulier la table des journalistes. Ils les poussaient dehors de l'œil, pour les inviter à faire place à des consommateurs plus sérieux. Il faut ajouter que ceux-ci n'y prenaient pas garde, difficiles à contenter, parlant haut, augmentant leurs exigences, au fur et à mesure qu'ils voyaient le garçon apporter dans son service moins de complaisance.

Quand il y eut dans la salle un plus grand nombre de femmes, quelques-unes vinrent s'asseoir, lasses de marcher, autour de la table. On parla exécution pour se poser, pour leur faire pousser des petits cris d'effroi. Elles voulaient aller à la Roquette. On ne laissait pas pénétrer les femmes. Alors deux ou trois, curieuses de savoir ce qui se passait, demandèrent des détails. On leur en donna de répugnants, de terribles, pour exciter leur horreur... Elles écoutaient, alléchées, anxieuses, regrettant de ne pas être des hommes pour voir ça de près, trouvant les journalistes bien heureux, enviant leur privilège d'être partout aux premières places.

Louis était de plus en plus écœuré. C'était donc là le souper avec des femmes qu'il attendait avec tant d'impatience ! Il lui tardait de sortir, pris d'ennui... Du reste, la salle s'emplissait à vue d'œil ; la chaleur devenait intolérable, l'atmosphère suffocante, imprégnée d'odeurs fortes de toutes sortes, musc, patchouli, verveine, double-Chypre, etc., etc. Les femmes entraient par bandes, criant, se bousculant, allumées par l'odeur des victuailles. Il y avait de grandes sèches, aux coudes pointus, de petites boulottes toutes rondes et toutes dodues, dont les appas trop abondants crevaient la robe. C'était un mélange confus, indéfinissable, de chignons blonds, de chignons noirs et de chignons rouges. Ces derniers dominaient.

Louis semblait rêver. Toute cette agitation, tout ce bruit, les attrapages voyous, les bouchons sautant, les allées et venues en courant des garçons en tablier blanc, les bousculades autour des tables, le coudoiement des femmes, les mots crus prononcés cyniquement à haute voix, et dont il rougissait intérieurement, tout ce mélange bizarre de choses inconnues pour lui avait rempli son cerveau d'une sorte de stupeur qui lui enlevait la faculté de réfléchir. Il avait mal à la tête. Il ne mangeait pas, malgré les exhortations d'Aymeric, qui se moquait de son air hébété. Il en verrait bien d'autres dans la carrière qu'il embrassait.

A quatre heures, on sortit du Helder. On n'avait que le temps de se rendre à la Roquette.

VII

Il faisait froid. Une sorte de pluie fine tombait. L'air saisit les jeunes gens qui s'enveloppèrent dans leurs pardessus et dans leurs foulards pour chercher des voitures...

A partir de ce moment, chacun devait aller de son côté. Le métier commençait. C'était maintenant à qui aurait le plus de renseignements. Les camarades étaient changés en rivaux...

Aymeric arrêta une voiture, y fit monter Louis et serra la main des autres. On se reverrait sur la place. On tâcherait d'entrer voir faire la toilette, mais c'était bien difficile, pour ne pas dire impossible. Quelqu'un qui connaissait l'officier de paix de service se chargea obligeamment de faire les démarches pour tout le monde..

— Si nous comptons sur celui-là, murmura Aymeric en refermant la portière et en s'installant auprès de son ami.

— Il n'est pas de parole ? demanda Louis.

— Il fera des démarches pour lui, mais quant à nous prévenir...

La voiture se mit en route.

— Allez bon pas ! cria Aymeric au cocher, par la portière. Je vous garde toute la nuit, et il y aura un bon pourboire.

On entendit de lourds coups de fouet tomber sur les flancs maigres et sonores de la jument. Il y eut quelques efforts énergiques en avant. La caisse du fiacre cria, violemment secouée, puis la bête reprit, au bout de quelques mètres, son pas ordinaire.

— Pas de veine ! murmura Aymeric. Nous sommes tombés sur une rosse... J'aurais dû m'en douter. Une jument blanche, ça ne vaut pas le diable... Je déteste les chevaux blancs... Nous avons le temps de dormir d'ici la Roquette...

Il s'enfonça dans son coin, et ne tarda pas, en effet, à sommeiller.

Louis ne dormait pas. Son envie de sommeil était passée... La tête à la portière, il regardait machinalement le vide des boulevards déserts, les devantures éteintes, les maisons fermées, les kiosques abandonnés. Un grand silence tombait. A peine quelques passants sur les trottoirs, rentrant vivement, le col du paletot relevé... Sur la chaussée, de temps à autre, on croisait quelque fiacre de nuit, lamentable, tiré par une bête d'une maigreur apocalyptique... Tout cela, après le bruit et l'animation de la journée, faisait l'effet d'un décor de théâtre, la pièce finie, les lumières soufflées, les acteurs partis...

A partir de la place du Château-d'Eau, on rencontra des groupes marchant dans la nuit. C'étaient des curieux qui se rendaient à l'exécution... Des voitures revenaient à vide après avoir déposé leurs clients sur la place de la Roquette... Des boutiques de marchands de vins apparurent, éclairées du haut en bas, regorgeant de monde... Au fur et à mesure que la voiture avançait, les groupes étaient plus bruyants, plus nombreux... Une sorte de rumeur confuse s'entendait au loin...

Tout à coup, le sol résonna sous le sabot de lourds chevaux... Un groupe de gendarmes passa au grand galop, dans un cliquetis de sabres...

Ce bruit réveilla Aymeric.

Il se pencha vivement à la portière.

— Nous arrivons, dit-il...

Puis il cria au cocher :

— N'allez pas jusqu'à la place. Vous ne pourriez pas avancer... Vous nous arrêterez chez le marchand de vin, à gauche.

Il se tourna vers Louis.

— Il va y avoir un monde fou...

— A quelle heure a lieu l'exécution ?

— A la pointe du jour... Ce sera vers six heures. Nous avons une grande heure devant nous... Pourvu que nous soyons sur la place à cinq heures et demie... Quant à entrer dans la prison et à voir la toilette, il n'y faut pas songer. Les journalistes n'y pénètrent plus depuis Troppmann... Il y a eu des abus, paraît-il... Mais je ne suis pas embarrassé pour avoir des détails, et nous serons aussi bien renseignés que Machin, qui faisait le malin tout à l'heure, avec son officier de paix.

— Et comment aurez-vous ces détails? interrogea Louis.

— Par le bourreau.

— Vous parlez au bourreau?

Aymeric regarda son ami d'un air stupéfait.

— Pourquoi pas? demanda-t-il.

— Je croyais, balbutia le jeune homme...

— Mon cher, quand on est reporter, il ne faut pas faire le dégoûté; il faut parler à tout le monde, aux bourreaux comme aux évêques, aux assassins comme à leurs juges... Il faut toucher à tout, et ne paraître répugné de rien. Je connais même un de nous qui a été invité à dîner par le bourreau et qui s'est rendu à l'invitation... Cela, je ne l'aurais pas fait. On lui a servi de la cervelle de veau, et j'avoue...

Louis eut un frisson.

A ce moment le fiacre s'arrêta.

— Qu'y a-t-il? cria Aymeric.

— Les sergents de ville nous font retourner, dit le cocher, on ne peut pas aller plus loin.

— Eh bien! attendez-nous là. Nous vous reprendrons ici aussitôt après l'exécution pour aller au Champ-de-Navets.

Il descendit, suivi de Louis. Un cordon de sergents de ville barrait le chemin et faisait rétrograder les voitures. Devant, dans l'ombre, on sentait grouiller une foule énorme. Les marchands de vins étaient pleins d'un monde bruyant, échauffé; les trottoirs s'encombraient peu à peu, de chaque côté, recevant le trop plein de la place, refoulé par les agents. La circulation devenait difficile.

Louis n'en revenait pas, de cet encombrement.

— Qu'est-ce que tous ces gens-là viennent faire ici? murmura-t-il.

— Je n'en sais rien, répondit Aymeric, mais c'est toujours comme ça... Et cependant on ne peut rien voir maintenant, avec la guillotine basse, pas même les bras de la guillotine, à moins d'être comme nous admis à pénétrer sur la place... Mais, le public ne peut pas dépasser la rue de la Roquette, et de la rue il est impossible de distinguer quoi que ce soit. Et cependant tout ce monde est là, depuis trois ou quatre heures peut-être, à piétiner dans la boue, et sous une bise...

— Qui n'est pas chaude, dit Louis.

— Dis glacée... Je suis gelé. Nous allons entrer ici prendre un verre de punch... Ça nous réchauffera...

Les deux amis se dirigèrent vers un marchand de vins.

La boutique était pleine à s'étouffer, toutes les tables prises, de nombreux consommateurs debout, cherchant une place, bousculés par les arrivants et par les garçons qui passaient, la marchande, au comptoir, suffoquée, cramoisie, l'air ahuri, ne sachant à qui répondre; le patron, se frayant un passage dans la cohue, une serviette à la main, hors de lui, pour aider au service et à la circulation... Des odeurs âcres de punch et de vin chaud, des aigreurs de choucroûte, des cris, des bousculades... comme un air de fête partout, chacun riant aux éclats, heureux de cette occasion de débauche.

Les deux jeunes gens essayaient vainement d'avancer, quand Aymeric s'entendit appeler. Aussitôt des cris s'élevèrent d'une table plus bruyante que les autres, encombrée de consommations de tous genres. C'étaient des confrères. On se serra pour faire place aux arrivants. Il y avait là deux des soupeurs du Helder. Louis renoua connaissance. Une nouvelle tournée de punch fut commandée. Tout le monde était très gai, attendant avec impatience l'heure.

A ce moment, on vit passer par la porte une tête grimaçante, agitée par un tic, avec deux yeux fureteurs et clignotants, un monocle.

Un cri s'éleva de la table des journalistes, mais la tête disparut sans entrer, après avoir flairé l'air de la salle. On nomma à Louis le nouveau venu. C'était le roi des *reporters*, leur maître à tous. Il se faisait jusqu'à cent mille francs par an.

Alors les histoires et les anecdotes de pleuvoir, plus ou moins authentiques, plus ou moins amplifiées par les exagérations des bureaux de rédaction. Chacun avait la sienne à raconter.

Le temps se passa ainsi. Un filet blanchâtre apparut enfin au haut des vitres.

— Diable! dit quelqu'un, voici le jour. Il est temps de filer.

On se leva précipitamment. Le cabaret se vida. Chacun se dirigeait à pas rapides vers la place. A l'extrémité de la rue, impossible de faire un pas, tant la foule était compacte. Il fallut recourir aux sergents de ville, qui frayèrent un passage aux journalistes. Le peuple était solidement maintenu aux abords de la place par un triple cordon d'agents, renforcé de gardes de Paris à cheval. Des têtes s'étageaient derrière cette muraille humaine, pressées, anxieuses; il y avait des grappes humaines sur les toits des maisons bordant la place.

Le jour paraissait. Sa lueur grise donnait aux visages une apparence livide. Sur la place, peu de monde. Un groupe seulement piétinant au milieu, autour d'une douzaine de gendarmes à cheval. De chaque côté, les murs sombres, tristes et ternes des prisons de la Roquette et des Jeunes-Détenus. Au-dessus du groupe occupant le milieu de la place, on apercevait, se découpant dans le jour, le triangle sinistre de la guillotine.

Louis était violemment ému. Il s'avançait, cramponné au bras d'Aymeric, avec des frémissements froids dans la chair des joues. Il devait avoir une pâleur de cadavre.

Le groupe qui entourait la guillotine, composé en grande partie de journalistes et d'avocats, habitués à ces émotions-là, était bruyant et remuant. Des plaisanteries cyniques circulaient. On montra à Louis la guillotine, le couteau, le bourreau, un homme trapu, vêtu d'une redingote noire, avec un gros cache-nez blanc dont les bouts tombaient devant lui ; les chevaux des gendarmes, impatientés par l'attente, piétinaient sur les pavés, faisant résonner les aciers de leurs cavaliers. En face de la guillotine, à trente mètres environ, un grand portail sombre. C'était par là que les condamnés passaient pour entrer dans la mort.

Il y eut encore une demi-heure d'attente. Le jour s'élargissait. Sa lueur blafarde tombait sur la place, qui était éclairée comme par un rayon pâle de lumière électrique. Le moment approchait. Un grand silence s'était fait, silence composé d'émotion et d'attente. Louis ne voyait autour de lui que des faces pâles, cherchant à cacher les sentiments divers qui les agitaient.

Il y eut un frémissement parmi les gendarmes. Les chevaux se tassèrent, piétinant autour de la guillotine; puis, à un commandement, les sabres sortirent du fourreau et se dressèrent nus et menaçants avec des lueurs froides d'acier. Les aides vinrent se ranger, muets et sombres, de chaque côté de la machine.

Un grincement de porte fit tourner la tête à tout le monde : le grand portail noir s'était ouvert et laissait voir dans la baie blanche un groupe de trois hommes marchant lentement. C'était l'abbé Croze, s'avançant le premier, le crucifix à la main, le condamné, puis le bourreau, qui avait posé sa main sur son épaule.

Le condamné était un homme de taille au-dessus de la moyenne, les traits larges, anguleux, les yeux creux, les joues d'une pâleur de linge, les lèvres mortes. La tête rasée, le col de sa chemise échancré par les ciseaux de l'exécuteur, il marchait d'un pas mal assuré. Dès qu'il se vit sur la place, ses yeux se portèrent sur le sinistre couteau, dont le jour éclairait le triangle. Il tressaillit; son corps tout entier fut agité comme d'une secousse électrique et il s'arrêta. L'abbé Croze se précipita et lui mit le crucifix devant la figure, pour lui cacher la funèbre vision.

L'homme se remit aussitôt. Il reprit sa marche à pas comptés, et arrivé à moitié chemin, jetant sur les personnes présentes un regard circulaire, il cria d'un ton calme, d'une voix assurée : — Messieurs, je meurs innocent !

Les nerfs des assistants furent fortement secoués. Louis piétinait machinalement, à moitié mort. Il eût donné je ne sais quoi pour être loin de là. Aymeric faisait de violents efforts pour paraître calme.

Il se pencha vers son ami :

— C'est Moreau, dit-il ; il est crâne...

— Avez-vous entendu ce qu'il a dit ? fit Louis, sans souffle, suffoqué.

— Je meurs innocent ? De la comédie pour *épater* la galerie. Ils disent toujours ça.

Pendant ce colloque, le groupe était arrivé près de la machine ; il y eut une dernière embrassade de l'abbé Croze, puis le bourreau, la main empoignant la nuque de l'homme, le coucha vivement sur la planchette. On entendit un coup sourd, la chute du couteau. On vit le corps palpiter un instant sur la planchette et rouler dans le panier. Une tête grimaçante, hideuse, tenue par un aide, avec des filets de sang tombant, apparut devant les yeux comme une vision ; il y eut un nouveau mouvement des gendarmes qui se reculaient, le froissement des sabres rentrant dans les fourreaux, puis le silence sourd qui s'était appesanti sur la place se rompit brusquement. Les exclamations, les cris, les rumeurs éclatèrent comme des fusées.

Le couteau remonta avec deux ruisseaux

de sang traînant le long du bois, et la guillotine reprit sa physionomie d'avant l'exécution. Elle attendait le tour de Boudas.

Pendant les dix minutes qui suivirent, on discuta la façon dont était mort le condamné; les plaisanteries recommencèrent plus cyniques qu'auparavant. On était comme émoustillé par l'émotion que l'on avait eue. On se vengeait de la tension de ses nerfs. Les pâleurs, les tremblements que l'on avait surpris chez ses voisins devenaient des prétextes de moquerie. Parmi tous ces hommes forts, il n'était pas permis de donner de ces signes de faiblesse. On plaisantait beaucoup un pauvre acteur comique des Variétés, qui mourut quelque temps après, qui s'était aventuré là, et que la vue du sang avait fait chanceler et presque tomber. Il partit de la place, du reste, avec le germe de la maladie qui l'emporta. On avait été obligé de soutenir sous le bras le roi des « reporters », qui s'était trouvé mal, et qui venait de s'enfuir, ne voulant pas attendre la seconde exécution. On se vantait d'avoir été plus près que son voisin. On n'avait pas perdu un détail. Pas un tressaillement de la face ne vous avait échappé. On avait très bien distingué la bouche, ouverte encore, semblant vouloir parler; les yeux pris d'un clignotement rapide, comme éblouis par une trop grande lumière qu'ils auraient vue.

Pour Louis, les dix minutes semblèrent durer dix siècles.

Il se soutenait à peine, le cerveau vide, les yeux vagues.

Enfin le portail s'ouvrit de nouveau avec le même grincement sinistre, et on vit une chose épouvantable. Le condamné fléchissant sur ses jambes, mort déjà, soutenu et presque porté par le bourreau et ses aides, s'avançait en ricanant. Il semblait rire aux éclats, le malheureux !

On le regardait avec stupeur.

— Il a le rictus, dit une voix. C'est nerveux. Il est déjà mort de peur...

En effet, c'était une sorte de guenille humaine que l'on traînait, hideuse, repoussante, avec des traits de brute horriblement contractés.

Cette mort fut moins émouvante que la première.

Cette sorte de cadavre qui ne pensait plus, ne voyait même pas, ne reprit une apparence de vie que sur la planchette. Il y eut une contraction telle de tout le corps, que la tête s'échappa presque de la lunette. Le couteau tomba sur l'extrémité du cou, laissant attachés au tronc un morceau de la nuque et du menton.

Dès que ce fut fait, Aymeric prit le bras de Louis.

— Filons! dit-il... nous n'avons pas de temps à perdre... Allons au Champ-de-Navets. Nous serons les seuls...

Il l'entraîna à travers la foule, qui s'écoulait murmurante, se plaignant de n'avoir rien vu, jusqu'au fiacre.

— Au Champ-de-Navets, vivement, dit-il au cocher. Si vous ne savez pas la route, vous suivrez le cortège.

Le fiacre se fraya péniblement un chemin. Il arriva sur la place, au moment où l'on se mettait en marche.

Louis n'oublia jamais cette chevauchée funèbre, à travers les maisons s'éveillant, les volets s'ouvrant précipitamment; les hommes en bonnets de coton, les femmes en coiffures de nuit, apparaissant vivement aux fenêtres, attirés par le bruit.

La voiture contenant les corps, peinte en vert sombre, les douze gendarmes, le fiacre de l'abbé Croze, tout cela allait au grand trot sur les pavés, au milieu d'un cliquetis de ferraille des sabres pendants, du battement de fer des chevaux, des cahots sonores de la voiture, violemment secouée par cette course effrénée; on eût dit une sorte de galop infernal qui venait troubler, d'un sanglant cauchemar, le sommeil des rues tranquilles.

Il n'oublia pas non plus la descente des corps tout habillés dans la fosse, avec le gardien du cimetière en tablier blanc à bavette, les recevant comme des quartiers de viande, et remontant couvert de sang; le cou sanguinolent et semblant frémir encore, les têtes placées au hasard, entre les jambes liées de ficelles minces; Moreau vêtu comme pour une soirée, d'un pantalon de drap noir fin et d'une chemise de batiste, chaussé de bottines claquées vernies...

Quand il rentra chez lui, Louis avait des frissons comme s'il était en proie à une fièvre violente. Louise s'était jetée à bas du lit en l'entendant. Elle avait mal dormi, sentant son fils loin d'elle. Elle le saisit dans ses bras et recula, effrayée de sa pâleur...

— Tu es transi, dit-elle, mon pauvre enfant !

— Non, je n'ai pas froid...

— Es-tu souffrant, enrhumé ?

— Non, mère, je t'assure...

— C'est horrible, n'est-ce pas ?

— Atroce !... Quelle nuit !

— Tu me raconteras cela demain. Tu as besoin de te reposer. Couche-toi.

Louis se déshabilla et se mit au lit, mais il dormit mal, agité par de sinistres cauchemars.

Pendant deux ou trois jours, il eut comme des visions sanglantes, mais, comme disait Aymeric, il était maintenant sacré *reporter*. Il avait reçu le baptême du sang.

VIII

Louis fut vite au courant de son nouvel état. Il travailla quelque temps sous les ordres d'Aymeric, puis ce dernier ayant quitté le journal, où il ne trouvait pas une rémunération suffisante, il devint chef d'emploi. Il se faisait en moyenne de trois à quatre cents francs de lignes par mois, très absorbé, dérangé à toutes les heures et ne pouvant pas, comme il l'avait espéré, continuer ses études. Il était loin d'être heureux. Ce métier d'agent de police lui répugnait profondément. Souvent des dégoûts le prenaient. Il voulait tout abandonner et s'engager, mais l'idée de sa mère le retenait. Que deviendrait-elle sans lui? Puis il songeait à Blanche. Il commençait à ressentir pour celle-ci une sorte de sympathie tendre qu'il ne pouvait pas bien définir encore, mais il n'avait un peu de bonheur que lorsqu'il montait, après les fatigues de la journée, vers les hauteurs des Batignolles et qu'il pensait aux deux êtres aimés qui l'attendaient chaque soir avec impatience.

Blanche avait beaucoup grandi. Elle était devenue une belle jeune fille. Ce n'était plus l'enfant étourdie, rougeaude, mal dégrossie, que les Deux-Sèvres avaient envoyée à Paris. Elle s'était transformée, pour ainsi dire. Elle avait toujours conservé son caractère heureux et gai, mais sa physionomie avait pris l'apparence sérieuse d'une jeune femme. Ouvrière habile, elle allait travailler toute la semaine dans deux ou trois maisons riches du quartier, qui se partageaient ses journées et ne l'avaient pas quand elles le voulaient. Le gain de Louis, malgré tout le mal que le jeune homme se donnait, ne pouvait pas suffire à l'entretien du petit ménage, car il avait beaucoup de menues dépenses à faire pour son compte. Bien que le journal lui payât ses voitures, il était entraîné, de par son métier, à une multiplicité de petits frais qui formaient une somme assez forte au bout du mois, et Louise n'aurait pas voulu que son fils se privât d'une fantaisie, ou fût moins bien mis que ses camarades. Elle mettait son orgueil de mère à soigner sa tenue, à le voir élégamment vêtu. Quelquefois, elle le contemplait au moment du départ, qui mettait ses gants; elle le suivait du regard sur le palier, puis elle rentrait, le cœur gonflé d'admiration.

— Il est beau, mon Louis, murmurait-elle; on dirait un prince!

Presque tout ce que le jeune homme gagnait était ainsi absorbé par lui. C'était le travail de Blanche et celui de Louise qui entretenait la maison. Louis ne s'en doutait guère. Ne s'étant jamais occupé des détails d'intérieur, il ne savait pas que son entretien représentait la somme qu'il rapportait à la fin de chaque mois, et qu'il croyait pouvoir suffire aux dépenses de sa mère et de Blanche. Il n'était pas débauché; il avait l'horreur des cafés, mais il aimait la toilette; il était heureux de briller au milieu des autres journalistes, souvent très débraillés et très négligés. On le plaisantait même, dans le bureau de rédaction, sur sa correction. On l'avait surnommé le Diplomate. Il s'était fait au collège, où il avait été élevé, des relations supérieures à sa fortune. Il ne voulait pas que ses anciens camarades, quand ils le rencontraient, pussent rougir de lui. Il avait à cœur de se tenir sur le pied d'égalité avec eux. Cette petite vanité était son seul défaut.

On vivait ainsi, unis et presque heureux, au cinquième du boulevard des Batignolles. Le dimanche, quand il faisait beau, Louis emmenait sa mère et Blanche hors de Paris, dîner sur l'herbe. C'étaient de délicieuses petites parties. Quelquefois, on louait un canot et on s'en allait à travers deux rives vertes, sur l'eau transparente et bleue de la Marne où les arbres venaient se mirer.

Louis n'avait de bonheur réel que ces jours-là. Il devenait d'une gaieté exubérante. Ses yeux et son teint prenaient un éclat et une animation extraordinaires. Sa mère attribuait ce changement au grand air, dont on avait tant besoin dans ce Paris fétide. Louis ne cherchait pas à l'analyser. Il était heureux sans savoir pourquoi, le cœur plein d'une douceur infinie, qu'il n'avait jamais ressentie encore. Il ne folâtrait plus avec Blanche comme dans les premiers mois de l'arrivée à Paris de la nièce de Louise. Il était même quelquefois gêné, embarrassé, en sa présence. Quand les yeux de la jeune fille se fixaient sur lui, il avait comme des frissons de bonheur qui passaient par tout son corps, et il se détournait pour cacher son trouble. Très jeune, très naïf, il ne se rendait pas compte de la nature du sentiment qui l'agitait. Il fallut un incident qui se passa à ce moment pour l'éclairer.

Par une matinée d'avril qui s'annonçait très belle, Louis avait résolu d'emmener sa mère et Blanche du côté de Charenton. On avait résolu de prendre le bateau-mouche jusqu'à Bercy, puis de louer un canot et suivre les bords de la Marne, qui devaient être superbes.

Il faisait un de ces matins de printemps qui

font tout renaître, l'homme et les fleurs. Un azur calme et tendre, avec de petits flocons blancs, semés çà et là, veloutés comme des duvets de cygne. Le soleil avait des rayonnements légers et pâles qui semblaient effleurer la terre, au lieu de peser sur elle, comme pendant les chaleurs d'été. Pas un souffle de vent. L'eau endormie battait à peine les flancs du bateau d'un petit clapotement discret. Les vitres des maisons, les dorures des monuments, les toitures s'allumaient sous le soleil. De temps en temps, il partait d'une fenêtre que l'on ouvrait ou que l'on fermait, comme des flèches d'or qui traversaient l'espace. Au loin, les dômes, les clochers qui dominent Paris s'estompaient sur l'azur, vaporeux, ouatés.

Les bouquets d'arbres semés le long du bord, dont les feuilles commençaient à pousser, avaient sur leurs branches noires un ourlet de verdure jaunâtre si transparent et si délicat qu'on craignait de le voir fondre.

Les trois promeneurs admiraient ce spectacle avec une émotion infinie. Rien n'est beau au monde, en effet, comme les quais de la

Seine, des Tuileries à Bercy, par une matinée de printemps, avec la majesté des monuments qui se haussent sur les bords, le rire des bouquets d'arbres, l'envolement vers l'infini des tourelles et des flèches qui vont se perdre dans l'azur et sur la pointe desquelles la pensée se dresse, pour ainsi dire, dans ce murmure énorme composé des grands bruits d'une ville surhumaine qui s'éveille.

Sur la Marne, ce fut une autre sensation. Les bords étaient tapissés d'une herbe déjà haute et touffue, parsemée de myriades de fleurs de couleurs variées. C'étaient la gaieté et la grâce succédant à l'ampleur et à la solennité... L'eau, plus claire, plus tranquille encore que celle de la Seine, semblait unie comme une glace et réflétait les objets qui se penchaient sur elle, dans le rayonnement de l'azur et du soleil, qu'elle répercutait.

Blanche, l'œil bleu profond perdu dans l'espace, avec ses cheveux blonds voletant autour de son front comme des frisons d'or, semblait transfigurée par le contentement intérieur qu'elle ressentait. Louis ne pouvait se lasser de l'admirer. Jamais il ne l'avait encore vue ainsi ; jamais il ne l'avait trouvée si belle, et n'avait éprouvé près d'elle un tel ravissement.

Il ramait sans parler, ses yeux rivés sur les siens...

Louise ne disait rien non plus, toute à son bonheur de sentir son fils près d'elle.

Tout à coup, au milieu de cet attendrissement calme, un cri de détresse, de terreur s'éleva.

Blanche, qui, depuis un moment, penchée à l'extrémité du canot, s'amusait à tremper ses mains dans l'eau pour en sentir les caresses froides, avait, sur un mouvement du bateau, un coup de rame donné à faux par Louis, inattentif, perdu l'équilibre et disparu...

Avant que Louise eût pu faire un mouvement, les bras levés au ciel, tordus par l'angoisse, son fils s'était précipité. Il y eut, pour la pauvre mère, une minute de douleur telle qu'elle eût pu en mourir. Son cœur s'était arrêté tout à coup comme figé ; puis il reprit ses battements quand elle vit Louis à la surface, tenant par le bras Blanche, qu'il n'avait pas quittée, pour ainsi dire, entrant dans l'eau en même temps qu'elle, tant il ne faisait déjà qu'un avec elle.

Il nageait vers la rive, qui était peu éloignée et facile à aborder. Blanche n'avait pas eu le temps de perdre connaissance. Cet accident ne fut qu'un incident, désagréable pour la saison, mais dont on rit plus tard, quand Louis et Blanche se virent tous les deux dans un accoutrement bizarre de paysan et de paysanne, qu'ils avaient pris en attendant qu'on fît sécher leurs vêtements; mais cet incident eut une grande influence sur l'avenir de Louis, et le jeune homme n'oublia jamais les sensations brûlantes qu'il avait fait naître en lui, quand il sentait Blanche appuyée sur son épaule, son souffle se mêlant au sien. Il s'aperçut qu'il aimait la jeune fille d'un amour profond déjà, d'un amour entier et jaloux. Il l'avait saisie pour l'arracher à la mort, avec une sorte de rage, et il se disait que si elle ne partageait pas ses sentiments, s'il fallait qu'il fût un jour privé d'elle, il aimerait mieux mille fois mourir. Il lui semblait que ce jour-là le ciel l'avait marquée pour être à lui et non à un autre, et il se sentait de force à la disputer au monde entier.

A partir de ce moment, le caractère de Louis changea. Il devint inquiet, mélancolique et taciturne. Il n'avait de rayonnement dans le regard que lorsqu'il apercevait Blanche; mais ce rayonnement s'éteignait bientôt, car la jeune fille n'y répondait guère et ne semblait pas s'apercevoir des sentiments qu'elle provoquait. Elle n'avait pas cessé de témoigner à Louis la même amitié qu'avant et d'avoir avec lui la même familiarité banale, le plaisantant parfois sur son air sombre et l'appelant en riant le beau ténébreux.

Louise, plus clairvoyante que sa nièce, avait bien remarqué les modifications qui s'étaient opérées chez son fils, et elle l'avait souvent interrogé à ce sujet; mais Louis avait répondu d'une façon évasive, et elle était loin de soupçonner l'objet de ses préoccupations. Elle attribuait les soucis du jeune homme aux ennuis que lui causait la situation qu'il avait embrassée à contre-cœur et aux regrets que lui avait laissés sa position manquée...

Louis dépérissait à vue d'œil, et la pauvre mère se désolait, en proie à une mortelle inquiétude...

Un soir, elle résolut enfin d'en avoir le cœur net.

Aussitôt après le dîner, Blanche, prétextant un travail pressé, avait quitté la table et s'était enfermée dans sa chambre. Louis était resté accoudé à sa place sans mot dire, plus sombre et plus triste que jamais, le cœur déchiré par l'indifférence de la jeune fille.

Louise, qui était allée à la cuisine pour vaquer aux soins du ménage, rentra dans la salle à manger.

Elle alla droit à son fils, et lui frappant sur l'épaule :

— Louis, dit-elle, tu as un chagrin que tu me caches...

Le jeune homme releva la tête, tout étonné, et s'efforça de sourire.

— Un chagrin? balbutia-t-il...

— Oui, un chagrin, et tu vas me le dire.

— Quel chagrin veux-tu que j'aie?

— Je l'ignore, et c'est pour cela que je te le

demande, mais tu as un secret qui te mine et qui te ronge, et c'est ce secret que je veux connaître. J'ai le devoir de ne pas laisser mon fils dépérir.

— Je t'assure... mère...

— N'essaye pas de m'abuser comme d'habitude. Il faut que tu me dises la vérité. Tu souffres, et je veux savoir ce qui te fait souffrir.

— Je ne souffre pas.

— Crois-tu donc que tu peux me cacher quand tu souffres ? Crois-tu que je ne vois pas tes yeux qui se creusent, tes joues qui pâlissent ?... Je t'en prie, Louis, ne me cache rien ; dis-moi ce qui te fait de la peine...

Louis sentit son cœur gonflé à se briser. Des larmes partirent de ses yeux d'un seul jet, et il éclata en sanglots.

— Et il ne souffre pas ! dit Louise, qui se précipita sur son fils, prit sa tête dans ses bras et couvrit son front de baisers.

— Parle, lui dit-elle, Louis, cela te soulagera.

— J'aime, balbutia le jeune homme...

Louise tressaillit, soulagée...

— Tu aimes ?...

— J'aime une jeune fille qui ne m'aime pas...

— Et je ne peux connaître cette personne ?...

— Non... C'est impossible.

— Où a-t-elle donc les yeux, celle-là, de ne pas t'aimer ?

Louis ne répondit pas.

La mère repartit :

— C'est donc une grande dame ?

— Non, mère.

— Elle est très riche ?

— Non...

— Et pourquoi donc ne t'aime-t-elle pas ?

— Je ne sais pas...

— Il y a longtemps que tu la connais ?

— Oui...

— Tu la vois souvent ?

— Tous les jours.

— Et tu lui as dit que tu l'aimais ?

— Jamais.

— Elle ne s'en doute pas ?

— Non.

— Comment peux-tu savoir alors si elle t'aime?... Dis-moi son nom... Je lui parlerai, moi, puisque tu n'oses pas, et je me charge de te faire aimer.

Louis enfouit sa tête dans le sein de Louise, pour qu'elle ne remarquât pas son trouble et sa pâleur; puis il murmura d'une voix faible comme un souffle :

— C'est Blanche.

Louise se dressa d'un bond, en proie au plus profond étonnement.

— Blanche, murmura-t-elle, ma nièce?

— Oui, mère...

— Tu aimes Blanche, et Blanche ne t'aime pas?

— Je ne crois pas...

— Et il y a longtemps de cela?

— Depuis le jour où, dans la Marne...

Louise allait et venait, vivement agitée.

Elle aimait Blanche, elle rendait justice à ses qualités, mais elle avait rêvé pour son fils un autre mariage. Son fils, qu'elle avait posé si grand, qu'elle voulait voir monter si haut, épouser une simple ouvrière ! Elle avait reçu comme un coup violent qui lui avait cassé les ailes et l'avait fait tomber du ciel de ses rêves.

Mille pensées confuses, tumultueuses, emplissaient son cerveau...

— Tu aimes Blanche, répétait-elle, et je ne me suis jamais doutée de rien ! Je n'ai jamais songé même que cet amour pourrait naître, tant je vous mettais loin l'un de l'autre, dans mes projets d'avenir. Folle que j'étais, mère imprudente !

Elle se tourna vers son fils.

— Et cet amour est bien sérieux ?

— Si sérieux, mère, répondit gravement celui-ci, que si Blanche ne m'aimait pas, si elle était jamais à un autre, j'en mourrais.

Louise se tourna vers son fils, résolue :

— C'est bien, dit-elle, je m'en charge. Elle t'aimera !

IX

L'hôtel du comte de Marsac, situé rue Pigalle, une de ces habitations spacieuses comme on les bâtissait encore il y a cinquante ans, avant le renchérissement exagéré du prix des terrains, était une des maisons où Blanche travaillait le plus souvent. On y accédait par un long portail de couleur bronzée, qui roulait solennellement sur ses gonds quand était signalée la voiture de M. le comte, ou les jours de grande réception, pour recevoir les équipages des invités. Pour les piétons, une petite porte, avec un heurtoir doré, avait été aménagée à côté de la loge du concierge. Au-dessus du mur élevé, solide, dont on devinait l'épaisseur aux larges assises de pierre de taille, jurant avec les constructions éphémères de nos jours, frissonnait la verdure pâle de deux peupliers. Au delà du mur, dans un lointain, on apercevait de la rue la maison d'habitation avec ses fenêtres luxueuses, ses rideaux de dentelle fine, ses persiennes de couleur tendre, à filets dorés, fermées sous les vitres claires. Tout respirait là-dedans la richesse tranquille, solidement assise...

L'hôtel était habité par le comte de Marsac, sa femme et leur fils...

Agé de soixante ans, le comte de Marsac avait épousé, il y avait un peu plus de vingt ans, la baronne Berthe de Virelieu, appartenant à une des plus anciennes familles de l'Anjou. Issu de sang roturier, il avait dû, pour arriver à conclure ce noble mariage, prendre le nom d'une des terres qu'il possédait, la terre de Marsac. Il y avait ajouté le titre de comte, qu'il s'était fait octroyer par la cour de Rome, pour services rendus à la papauté. Il avait traité, disait-on, de grandes affaires avec le cardinal Antonelli. De son vrai nom, le comte de Marsac se nommait

Pierre Ducrot. Il était fils d'un banquier qui avait fait, sous la Restauration, une fortune considérable. A la mort de son père, il avait laissé la maison de banque, et s'était mis à faire danser allègrement les écus qu'on s'était donné tant de mal à amasser. Très riche, joueur et débauché, il avait pendant près de dix ans donné le ton à la jeunesse élégante. Il avait été un des premiers membres du Jockey, s'était adonné à l'élevage des chevaux, ce qui commençait à être d'un grand genre, et avait sérieusement écorné sa fortune quand il fit la connaissance de Mlle de Virelieu et chercha à l'épouser.

Depuis son mariage, l'ancien viveur avait fait peau neuve. Avec les alliances que lui apportait sa femme, son titre de comte, la réputation de grande richesse qui lui restait encore, il était devenu rapidement un homme considérable. Dans les soirées, sa poitrine était constellée de croix de tous les ordres; il était venu s'installer dans un hôtel princier qu'il avait disputé à prix d'or à un ancien ministre. Il était membre du conseil d'administration de deux ou trois grandes sociétés, président d'une autre, et c'est à peine si quelques anciens camarades se rappelaient encore que le vernis aristocratique du comte de Marsac recouvrait la peau du fils d'un ancien manieur d'argent. Lui-même l'avait parfaitement oublié. Chez lui, le titre de comte miroitait partout. La couronne héraldique était brodée sur les fauteuils, sur les rideaux du lit et des fenêtres, sur les canapés et les poufs, gravée sur les couverts, peinte sur les assiettes et sur les voitures. Berthe de Virelieu elle-même, qui avait quelquefois souri des prétentions de son mari, dans les premières années de son union, s'y était faite à la longue, et s'imaginait absolument que c'était arrivé, comme on dit dans la langue du boulevard.

Le comte de Marsac était devenu une des personnalités importantes du tout-Paris. Les journaux citaient son nom aux premières représentations, aux enterrements, aux messes de mariage. Il aimait, du reste, à se montrer et à briller.

De haute taille, mince, avec de grands favoris gris qui avaient dû être blonds, portant droit la tête, très vert encore, à peine voûté aux épaules, il avait une tenue raide et solennelle qui n'était pas exempte d'une certaine noblesse. Il avait des traits réguliers qui avaient dû être beaux, la figure maintenant ridée et pâlie, des yeux morts, sans expression.

L'ancien Pierre Ducrot avait une vie nulle, faite d'extérieur et de pose. Dans les conseils d'administration, il faisait le plus grand effet, avec son grand air, ses décorations, sa haute taille droite, son titre, qu'on croyait de bon aloi, sa tenue correcte et son silence éternel, que rendait mystérieux la fixité morne du regard. C'était une statue et rien de plus. On le conservait dans un conseil comme ornement et comme parure. Il y jouait le rôle de ces mannequins que l'on dresse à la porte des magasins pour attirer les clients. Il fascinait les actionnaires. Très prudent, du reste, il ne se livrait jamais à la légère; on ne l'avait vu figurer que dans les bonnes affaires, ce qui augmentait encore son prestige.

La comtesse de Marsac, au contraire de son mari, était vive et pétulante; de taille moyenne, un peu replète, elle était la vie de la maison. On la voyait à la fois dans toutes les pièces, et elle parvenait quelquefois, par son exubérance, à donner une apparence de vie à son solennel mari.

Elle avait dû être belle, d'une beauté un peu bourgeoise, avec un nez chiffonné, des yeux noirs et perçants, une abondante chevelure châtain; ce qu'il y avait d'aristocratique en elle, c'était la peau, qui était d'une finesse extrême, et les mains et les pieds, d'une petitesse invraisemblable.

On remarquait le contraire chez le comte; des pieds étroits, longs, osseux et de grandes mains en forme de nageoires.

La comtesse, qui était une bonne personne, toute ronde, pas fière, était adorée de tout le personnel qui l'entourait. Blanche s'était prise pour elle d'une véritable affection. Elle avait souvent fait à Louise son éloge.

Le comte se contentait d'en imposer à tous par sa dignité.

Avec deux caractères aussi différents, la vie en commun eût été difficile, pour ne pas dire impossible, si, dès les premières années de son mariage, le comte n'avait pris la coutume de vivre, pour ainsi dire, hors de chez lui. Il déjeunait à la maison, mais il y dînait très rarement, pris par ses affaires, son cercle, ses premières et les parties fines, qu'il n'avait pas abandonnées complètement.

La comtesse avait d'abord été péniblement affectée, mais elle en avait pris vite son parti, surtout après la naissance de son fils. Elle s'était arrangé aussi une existence à elle. Elle sortait beaucoup, allait dans le monde, à l'Opéra, avec des amies délaissées comme elle, et elle avait reporté sur son fils tout l'amour qu'elle aurait dû partager entre son père et lui. Elle s'était habituée peu à peu à l'indifférence du comte. Elle ne s'occupait jamais de ses faits et gestes, et il ne tenait plus aucune place dans sa vie.

Le comte, heureux de la liberté que sa femme lui laissait, était plein de respect et de prévenances pour la comtesse. Il l'adorait. Il l'adorait parce qu'elle lui laissait faire toutes ses fantaisies.

Le fils du comte et de la comtesse, Raoul de Marsac, entrait alors dans sa vingt-deuxième année.

Il avait été reçu à Saint-Cyr avec un des premiers numéros, et il allait sortir de l'école aux vacances prochaines, avec le grade de sous-lieutenant. Il était encore un des premiers de sa promotion.

Plutôt petit que grand, l'œil vif, plein d'intelligence, le teint frais, c'était tout le portrait de sa mère. Un peu rouge, un peu gros peut-être pour son âge, il était d'une gaieté exubérante : il avait cette vivacité et cette bonne humeur perpétuelles des gens qui jouissent d'une santé parfaite. Il était spirituel, rieur, parleur, tout en dehors. Il avait une superbe chevelure noire, et une fine moustache ombrageait sa lèvre. C'était, dans toute la force du terme, un beau et un bon garçon. Il était adoré de ses camarades. C'était le boute-en-train de l'école... Pourquoi aurait-il été triste ? Tout lui avait souri dans la vie. Riche, gâté par une mère qui lui passait toutes ses fantaisies et qui l'aimait à se mettre à genoux devant lui, il n'avait jamais eu de douleur encore, pas même de contrariétés. Il travaillait facilement, sans effort. Il avait des succès partout, à l'école et dans les jeux. Lui seul, quand il était en vacances, parvenait à dérider son père et à lui faire quitter un instant son maintien froid et gourmé...

Par une matinée du mois d'août, chaude et lourde, l'hôtel du comte de Marsac semblait avoir une animation inaccoutumée. Les domestiques secouaient et brossaient par toutes les fenêtres ouvertes...

Dans le salon, la femme de chambre de la comtesse, Julie, activait une de ses camarades, Agathe, en train d'épousseter les étagères.

— Ainsi, disait cette dernière, M. Raoul est arrivé ?

— D'hier soir.

— Il était en sous-lieutenant ?

— Oui.

— Il doit être bien.

— Il est superbe...

— Alors la petite...

— Quelle petite ?...

— L'ouvrière de madame la comtesse... Mlle Blanche....

— Eh ! bien ?

— Vous ne savez donc pas ?

— Quoi donc ?

— Mais c'est le secret de la comédie. Tout le monde en a jasé ici, l'année dernière.

— Des bêtises...

— Des bêtises ? Je vous dis, moi, que c'est très sérieux. La petite le mangeait des yeux quand il entrait dans la cour... Puis quand il est parti, à la fin des vacances, elle est devenue tout à coup d'une tristesse que nous avons tous remarquée.

Julie hocha la tête.

— Mlle Blanche est une honnête fille.

— Honnête, je ne dis pas ; n'empêche pas qu'elle l'aime...

— M. Raoul ne lui a jamais parlé...

— Je l'ai vu souvent badiner avec elle, et elle avait l'air heureux...

— Des cancans d'office... Mlle Blanche aime à plaisanter, à rire, mais je suis sûre d'elle comme de moi, et comme elle ne pourrait pas aimer M. Raoul pour le bon motif...

A ce moment, la porte s'ouvrit brusquement, ce qui coupa la parole à Julie.

La comtesse entra.

— Mon fils n'est pas ici ?

— Non, madame la comtesse... il est sorti de bonne heure...

— Le voici, madame la comtesse, dit Agathe, qui avait regardé par la fenêtre.

La comtesse s'approcha.

Raoul venait d'ouvrir la petite porte et entrait dans la cour à pas précipités, son épée prenant dans la porte, avec des bonjours jetés au concierge, à haute voix, entremêlés d'éclats de rire.

La comtesse, penchée à la fenêtre, l'admirait.

— Toujours fou, mon Raoul... Il ne marche pas, il court ; il ne court pas, il vole...

Le jeune homme grimpa vivement le perron

et entra dans la maison comme un coup de vent.

Une minute après, il était dans les bras de sa mère.

— Tu es déjà sorti? demanda celle-ci.

— Déjà? A huit heures j'étais au bois de Boulogne, à cheval. Ah! nous n'avons pas l'habitude de moisir au lit, nous autres...

La comtesse sourit.

— Tu vas rester ici deux mois, et je suis sûre que pendant ces deux mois je te verrai à peine.

— Oh! si tu me voyais souvent, répondit Raoul, tu aurais bien vite assez de moi.

— Ingrat!

— Puis, pense donc que depuis un an je suis sevré de tout plaisir. Il faut bien que je m'en donne à cœur-joie pour me rattraper...

— Grand fou!

— Et d'abord, je vais donner un grand dîner... un dîner de garçons... pour fêter ma nomination... Les invitations sont lancées.

— Tu ne perds pas de temps..

— Je les ai lancées de Saint-Cyr, et j'ai déjà reçu les réponses.

Il sortit plusieurs papiers de sa poche,

— J'aurai Gaston...

— Gaston ?

— Gaston de Nancluse... Tu ne le connais pas ?... C'est un gommeux très lancé. Sorti en même temps que moi du collège, il est déjà blasé... Il est reçu dans les coulisses des petits théâtres, dont il tutoie les concierges, ce qui est très *chic*... Il monte aux courses, avec les jockeys, attrape au cercle des culottes formidables. En un mot, s'amuse à mort.

— Jolie connaissance !

— C'est un charmant garçon... Il est très riche, et il fait valser les écus... Qui peut lui en faire un reproche ?

— Gageons que tu brûles de l'imiter.

— Moi ?... Si tu peux dire, mère. Je suis plus raisonnable. Il y a pourtant des jours où le métier militaire...

La comtesse de Marsac prit un air sérieux :

— Raoul ! Que je ne t'entende pas parler ainsi, même pour plaisanter. C'est surtout quand on a une grande fortune, comme toi, qu'il faut savoir se rendre utile... Il faut un but à la vie.

— Mais Gaston aussi a un but. Il est mauvais, voilà tout.

La comtesse fit en riant un geste découragé.

— Il est impossible de causer sérieusement avec toi.

Raoul éclata de rire.

— Jamais en vacances.

— Et quels sont tes autres convives?

— Charles Denneville, un jeune médecin de vingt-cinq ans, très sérieux celui-ci, en lunettes déjà, cravate blanche toute la journée, un petit ventre qui bedonne. Grave, austère, méthodique, commence à se faire une clientèle. Ne fume pas, pioche toujours, ne rit jamais... Tue ses malades comme les autres, mais les tue avec une conscience!...

— Que tu es méchant!

— Je viens de le rencontrer tout à l'heure, en *sapin*, méditatif et réfléchi. Il faisait ses visites du matin... J'ai été obligé, pour attirer son attention, de jeter une pierre dans la vitre de sa voiture, que j'ai cassée. Il a fait un saut comme si le fiacre faisait explosion. — Eh bien, docteur, lui ai-je crié, et ces malades ? — Ah ! m'a-t-il répondu de son air calme, après s'être remis, c'est toi ?... Ces malades vont très bien, je te remercie... Ils me donnent même beaucoup de satisfaction. — Bah ! — Il y en a à toutes les portes, des typhoïdes surtout. — Et c'est ce qui t'enchante ainsi ? — Oui, car j'ai trouvé un nouveau moyen de les soigner. Je n'en rate pas un. — Tu les tues tous ?

La comtesse éclata de rire.

— Tu lui as dit cela ?...

— Comme je te le raconte.

— Et qu'a-t-il répondu ?

— Il n'a pas sourcillé... Il n'a pas fait un mouvement de surprise... Il m'a dit de son air placide : — J'avoue qu'au début j'avais pris une mauvaise méthode...

— Comme ils ont eu de la chance, ceux de la première méthode, de tomber sur lui ! s'écria la comtesse.

— Oui, c'est étonnant... J'ai aussi parmi

mes convives un aspirant diplomate, Frédéric Leloup de Tanneran, élégant, frisé au petit fer deux fois par jour, le col bien dégagé, une opale à la cravate, parfumé d'un mélange odoriférant qu'il a composé lui-même et qui est d'un tenace ! Quand on lui a serré la main, on emporte son odeur pendant deux jours. Très compromettant pour les hommes mariés... Une rosette multicolore à la boutonnière, car il a déjà six décorations, six, ma mère, à vingt-six ans : le Christ du Portugal, la Rose du Brésil, le Souci d'Ipécacuana, toutes les fleurs, le Nicham, Charles III, Isidore XIV, le Soleil de Perse, la Lune, les Étoiles, que sais-je encore...

— Que tu es moqueur, Raoul ! Et pourquoi a-t-il eu toutes ces décorations ?

— Ah ! tu comprends que si on savait pourquoi, cela n'aurait plus de charme... Les décorations, c'est comme les tuiles, ça pleut quand on ne s'y attend pas. Il y en a dans la vie qui attrapent la croix et d'autres les tuiles. Cela dépend de la chance que l'on a.

— Enfin, poursuivit le jeune homme, j'ai un

savant, mais un savant tellement savant qu'il passe son temps à s'embrouiller dans ce qu'il sait.

— Que tu es mauvais!

— Je ne plaisante pas. Veut-il produire au jour une de ces citations qui font autour d'elles l'admiration et le vide, il lui en vient dix à l'esprit. Alors, il cherche la meilleure, et comme il arrive rarement à se décider pour une plutôt que pour une autre, il reste coi. Il a raté ainsi tous ses examens. Il n'est même pas bachelier. Quand on fait allusion à ses échecs, il secoue la tête d'un air découragé :
— Trop de science! murmure-t-il... Tenue très correcte, très rigide, la figure en angle droit, les yeux rêveurs, redoute la mort, évite les excès et passe sa vie à se tâter le pouls.

— Et c'est tout? demanda la comtesse.

— Encore deux ou trois autres qui n'offrent rien de particulier, puis un garçon que je viens de rencontrer par hasard, tout à l'heure, et que j'ai invité aussi. Il se nomme Louis Robert.

— Louis Robert?

— Tu le connais?

— Il me semble que j'ai entendu prononcer ce nom de Robert. Je ne me souviens plus par qui et en quelle circonstance.

— C'est un nom très commun.

— En effet.

— Louis Robert est un pauvre garçon qui n'est pas riche, lui. Il écrit dans les journaux pour vivre. Ce n'est pas avec la plume que l'on devient millionnaire. Je l'avais perdu de vue, mais nous étions très liés au collège. Je partageais avec lui mes friandises et il me faisait mes versions grecques...

— Si ton père l'avait su!

— Il ne s'en est jamais douté. Il me croyait, au contraire, de première force. Très souvent je l'ai entendu dire de moi à des amis : — « C'est surtout en grec que Raoul est fort. C'est étonnant comme il mord dans le grec! » C'était étonnant, en effet, comme j'y mordais, mais c'est Louis qui le digérait.

— Tromper ton père ainsi? C'est très mal... Et quand ce fameux dîner?...

— Lundi prochain.

— Où cela ?

— Chez Bignon.

— Je n'ai pas besoin de vous souhaiter beaucoup de gaieté. Je vois que vous êtes en excellente disposition.

A ce moment, la porte du salon s'ouvrit, et le valet de chambre vint annoncer que madame la comtesse était servie.

— Monsieur le comte déjeune ? demanda Mme de Marsac.

' — Monsieur le comte est sorti. Il m'a chargé de prier madame la comtesse de déjeuner sans lui. Il est retenu par ses affaires.

La comtesse regarda Raoul.

— Oh ! les affaires ! murmura-t-elle.

Elle prit le bras de son fils, et ils se dirigèrent tous les deux vers la salle à manger.

X

La lingerie de l'hôtel de Marsac était située sur le derrière de l'habitation, la fenêtre donnant sur le jardin.

Il est trois heures. Blanche est seule à travailler. La femme de chambre, sonnée par la comtesse, vient de sortir. Il fait très chaud; le temps est lourd, orageux; le soleil pénètre les stores verts. Dans toute cette partie de l'habitation, un grand calme. Dans la pièce, la propreté la plus exquise; une senteur délicieuse de linge frais. Le parquet, ciré avec soin, étincelle comme une glace. Sur les étagères, le long des murs, des piles blanches soigneusement pliées, semblables à des monceaux de neige. Blanche, nu-tête, les cheveux légèrement ébouriffés, le col dégagé, la figure cramoisie, coud mollement, son ouvrage pendant à côté d'elle, comme accablée et affolée par la chaleur.

La porte s'ouvre. Raoul paraît, marchant sur la pointe du pied.

La jeune fille tressaille, agrafe vivement son col, plus rouge encore que tout à l'heure, les yeux éclairés par le bonheur.

— Ne vous dérangez pas, mademoiselle, dit Raoul ; je venais seulement vous souhaiter le bonjour. Je suis arrivé d'hier, et il me tardait de m'acquitter de ce devoir.

— Ce n'était guère la peine, monsieur Raoul, répondit Blanche.

Raoul prit une chaise et s'assit cavalièrement près d'elle, à califourchon.

— Et pourquoi n'était-ce pas la peine ?

La jeune fille soupira et reprit son ouvrage sans mot dire.

— Il y a près d'un an que je vous ai vue, reprit Raoul, et cela m'a semblé d'un long ! N'avez-vous donc pas pensé à moi, vous aussi ?

— Et pourquoi y aurais-je pensé?

— Dame! il me semble que nous étions amis, et on ne doit pas comme cela oublier les amis. Moi, je n'ai fait que penser à vous. J'avais emporté votre image ici (il montra son cœur), et je vous voyais partout.

Blanche eut un sourire mélancolique.

— A quoi bon penser à moi?

— A quoi bon? fit le jeune homme avec feu... N'en êtes-vous pas digne? Croyez-vous qu'on peut vous avoir vue sans se rappeler vos traits, votre regard, votre sourire?

Blanche hocha la tête.

Raoul reprit :

— Ce que je vous ai dit l'année dernière, je vous le répète aujourd'hui. Je vous aime, Blanche; je vous aime passionnément, comme un fou.

Il lui saisit la main.

Blanche se dégagea vivement, et d'un ton sérieux qui ne lui était pas habituel :

— Je vous en prie, monsieur Raoul, laissez-moi. L'année dernière, nous n'étions que des enfants. J'ai aussi pensé à vous depuis votre départ, mais c'était pour vous oublier. Votre amour est un amour sans issue. Je ne vous aimerai pas. Je suis une pauvre ouvrière, vous êtes riche. Vous ne pouvez pas m'épouser. Vous feriez mieux de partir et de ne pas penser à moi : si vous continuez à me poursuivre, je serai obligée de ne plus revenir.

— Soit! dit Raoul, piqué, je vous quitte. Je ne veux pas vous empêcher de venir travailler à la maison. J'ignorais que ma présence pouvait vous être aussi désagréable.

Il se leva et fit mine de se retirer.

Blanche jeta vers lui un regard éploré, un regard dans lequel roulaient des larmes douces.

— Vous ne m'avez pas comprise, dit-elle.

Il se rapprocha vivement, saisit ses deux mains et alla boire sous ses yeux les pleurs qui coulaient.

— Pourquoi ne nous aimerions-nous pas, sans réfléchir, sans calculer? L'amour ne vient-il pas à bout de tout ? A quoi bon penser à l'avenir? Le présent est si doux ! Je t'aime, tu m'aimes... L'amour franchit tous les obstacles...

Il la saisit dans ses bras, les yeux sur les yeux, abandonnée, languissante, sans force et presque sans souffle. Il allait l'entraîner, quand elle se redressa soudain.

— Non, non, s'écria-t-elle, éloignez vous! On peut venir...

Il s'arrêta, désappointé.

— Je ne m'éloignerai pas, dit-il, tant que vous ne m'aurez pas dit que vous m'aimez...

— Soit! je vous aime, fit-elle hâtivement, mais partez!

Elle s'était remise à son travail, rouge, hors d'elle, rajustant ses cheveux et ses vêtements.

— Comme vous me dites cela! murmura Raoul, qui l'avait suivie.

— Comment voulez-vous que je vous le dise?...

Un bruit de pas se fit entendre dans le couloir.

— Vous voyez... on vient, dit-elle, tout effarée, sortez!

— Ce n'est rien ; c'est Julie...

— Je ne veux pas que Julie vous voie ici.

— Croyez-vous que Julie?

Il n'eut pas le temps d'en dire davantage. Julie entra.

Raoul prit un air dégagé.

— Diable! mademoiselle Julie, vous avez une petite ouvrière qui n'est pas commode.

— Comment cela, monsieur Raoul?

— J'entre pour lui dire bonjour et elle me reçoit...

— Mal?

— A peu près comme un chien dans un jeu de quilles.

— Comment, mademoiselle? fit Mlle Julie en souriant.

Blanche, penchée sur son ouvrage, cousait fiévreusement, pour cacher son trouble.

Mlle Julie alla vers l'étagère prendre un paquet de linge...

— Je vous croyais cependant très bien ensemble, fit-elle d'un air malicieux.

— Nous? dit Raoul; nous sommes les plus

grands ennemis du monde... N'est-ce pas, mademoiselle Blanche ?

La jeune fille inclina la tête sans répondre.

— Ça se remettra, murmura Mlle Julie.

Elle vint s'asseoir auprès de Blanche. Raoul s'éloigna. Quand il fut sorti, la jeune fille, qui avait beaucoup de peine à retenir ses larmes, éclata en sanglots.

Mlle Julie dressa la tête, surprise.

— Vous l'aimez ? demanda-t-elle.

Blanche fit un geste affirmatif.

— Ma pauvre enfant! murmura la femme de chambre... Il y a longtemps ?

— Depuis l'année dernière.

— Et lui ?

— Il m'affirme qu'il m'aime aussi...

— Où cela vous mènera-t-il ?

— C'est ce que je lui disais...

— Et qu'a-t-il répondu ?

— Il m'a répondu qu'il m'aimait et que nous n'avions pas besoin de songer à autre chose.

— Ils disent toujours cela, murmura la domestique.

M¹¹ᵉ Julie était une grande fille maigre et sèche, aux traits anguleux. Elle approchait de la quarantaine.

D'une propreté méticuleuse, toujours vêtue de noir, elle semblait porter le deuil de quelque mari imaginaire. C'était la femme de confiance de la comtesse. Elle menait la maison et prenait un air paternel vis-à-vis des domestiques ou des ouvrières. Très honnête, d'ailleurs, elle était estimée et considérée. C'est elle qui avait introduit Blanche chez la comtesse, qui lui donnait son ouvrage et qui l'employait. Elle connaissait un peu Louise, et pour la maison du boulevard des Batignolles, Blanche allait travailler chez M¹¹ᵉ Julie. C'est à peine si on savait le nom de la comtesse de Marsac.

M¹¹ᵉ Julie avait donc toute autorité sur la jeune fille.

— Que comptez-vous faire ? lui demanda-t-elle, après un moment de silence embarrassé...

— Ne plus revenir ici.

— C'est le parti le plus sage.

— Oui, mais je ne le verrai plus, dit Blanche, avec des larmes dans la voix.

— C'est à ce point ? fit Mlle Julie. La chose est plus grave que je ne le pensais. Il faut partir tout de suite, ce soir. Pourvu qu'il ne vous poursuive pas et ne cherche pas à vous revoir. Mais aurez-vous le courage, vous, de le faire ?

— J'essayerai, murmura Blanche faiblement.

Mlle Julie hocha la tête en signe de doute. Elle prit Blanche dans ses bras.

— Il faut avoir de la force, ma pauvre enfant. Songez à la douleur que vous feriez à votre tante, aux chagrins que vous vous attireriez. Votre avenir brisé ; votre vie perdue pour quelques heures de plaisir peut-être. M. Raoul est jeune ; il est léger. Il vous oubliera vite. Il est sincère en ce moment, mais combien cela durera-t-il ? Vous me promettez d'être forte ?

— Je vous le promets !

— Vous ne reviendrez plus ici... Je vous donnerai de l'ouvrage à faire chez vous...

Mais vous me jurez de ne plus revoir M. Raoul ?

— Je vous le jure.

— C'est moi qui ai répondu de vous à votre tante. Songez quelle responsabilité !

Mlle Julie avait pris un air solennel. La jeune fille acquiesça à tout ce qu'elle lui demanda et la femme de charge se retira, tranquillisée.

Il était près de huit heures quand Blanche, retenue par un travail à terminer, sortit de l'hôtel de Marsac. La nuit venait. L'orage, qui menaçait depuis l'après-midi, crevait. Un grand vent s'était levé, balayant la poussière. Des nuées noires roulaient sur le ciel, et de larges gouttes d'eau se mirent à tomber, espacées, silencieuses, s'écrasant sur le sol... Il y avait au loin des roulements sourds de tonnerre.

Au moment de tourner la rue, Blanche avait jeté sur l'hôtel un long regard d'angoisse.

Quand elle eut perdu la maison de vue, elle marcha à pas rapides, le cœur gonflé, autant pour fuir la vision qui la poursuivait que pour arriver chez elle avant l'orage...

Dans les voies presque désertes, chacun se hâtait. Les persiennes claquaient le long des murs. Il y avait dehors comme un affolement.

Au détour d'une rue, la nièce de Louise s'arrêta, effrayée, un cri de terreur aux lèvres. Raoul était devant elle.

— Vous pensiez bien ne plus me voir? dit-il.

La jeune fille chercha à s'éloigner.

— Monsieur Raoul! murmura-t-elle, sans souffle, se défendant.

— Je suis au courant de tout le complot, dit le jeune homme. Je sais que vous ne devez plus revenir à la maison. J'ai entendu Julie le dire à ma mère... Elle a inventé une raison, mais la véritable raison, je la connais, c'est ma présence. J'ai donc voulu vous voir une dernière fois. C'est pour cela que vous me trouvez sur votre chemin. Mais dites un mot, et je m'éloigne pour toujours...

— Je vous en prie, balbutia la jeune fille, ayez pitié de moi! Il est tard. On doit m'attendre avec impatience. Je conserverai toujours de vous le meilleur et le plus doux souvenir... mais il faut nous séparer...

Elle fit de nouveau un mouvement pour s'éloigner.

Raoul la retint.

— Ne partez pas ainsi, avant que j'aie pu vous dire tout ce que je ressens pour vous. Vous me jugez mal, Blanche. Vous croyez sans doute que je suis capable de vous aimer huit jours et de vous abandonner ensuite. On vous l'a dit peut-être. Parce que je suis riche, on suppose que je ne cherche qu'à vous tromper. N'en croyez rien. Je vous aime depuis longtemps d'un amour ardent et sincère. Je ne sais ce que me réserve l'avenir, mais je sens que je n'aimerai jamais personne comme je vous aime. Je sens qui si vous me fuyez, je n'aimerai plus...

Sa voix était douce ; son souffle brûlait, son œil flamboyait.

Blanche l'écoutait, fascinée, le dévorant du regard et sentant son cœur se fondre dans une langueur infinie.

Les grondements du tonnerre se rapprochaient. Des éclairs fréquents coupaient violemment le ciel, et la pluie devenait plus menue et plus serrée, avec des rafales de vent plus fortes. Il y avait des sifflements lugubres à travers les cheminées, et des fracas d'ardoises sur les toits.

Blanche jeta vers le ciel un regard éploré, comme pour demander du secours.

Raoul l'avait attirée sous une porte cochère, à l'abri de la pluie. Il lui avait saisi les deux mains.

— Écoutez-moi cinq minutes seulement. Quand vous m'aurez entendu, vous me jugerez, mais vous ne me condamnerez pas sans m'entendre. Je ne puis pas vous faire de promesses en ce moment. Nous sommes jeunes tous les deux. Des événements que nous ne prévoyons pas peuvent survenir et nous séparer, mais ce que je puis vous jurer, c'est que je vous adore. Me croyez-vous ?

— Je vous crois, monsieur Raoul, répondit la jeune fille, rougissante, les yeux baissés.

— Et vous, m'aimez-vous un peu ?

— Il me demande si je l'aime ! s'écria Blanche...

— Puisque nous nous aimons, pourquoi cesser de nous voir ? reprit Raoul. Ne venez plus chez ma mère, pour détourner les soupçons, je le comprends, mais ne pouvons-nous pas nous rencontrer quelquefois ?... Je n'aurai de bon dans ma journée que l'heure où je verrai, où je sentirai votre petite main frissonner dans la mienne...

Il caressait doucement la main de Blanche, qui tremblait dans la sienne, comme un jeune oiseau effarouché.

La jeune fille sentait son cœur battre violemment dans sa poitrine. Un terrible combat se livrait en elle. Revoir Raoul, c'était le danger, le danger que lui avait signalé Mlle Julie. Elle pensait à sa tante, à Louis, au chagrin qu'elle leur ferait s'ils venaient à apprendre sa liaison avec un jeune homme qui n'était pas de son rang, et qui la tromperait peut-être. D'un autre côté, ne plus revoir Raoul, était-ce possible ? La pauvre enfant ne pouvait se faire à cette idée. Elle aimait Raoul sincèrement, profondément. Depuis qu'elle le connaissait, elle ne pouvait le voir sans tressaillir d'aise des pieds à la tête. Si on lui avait donné à choisir entre la mort et l'éloignement de Raoul, elle eût sans hésiter préféré la mort, mais ce qu'on lui demandait était pire que la mort. Ce qu'elle risquait en s'abandonnant à sa passion, c'était son honneur.

Elle restait immobile, sans répondre, sentant tout crouler en elle. Elle comprenait que sa vie dépendait de la décision qu'elle allait prendre...

Un moment son honnêteté prit le dessus.

— Non, non, dit-elle en se dégageant, il ne faut plus nous voir. Je sens que c'est mal ce que je fais de m'attarder ainsi. On doit m'attendre, on est inquiet. Si vous m'aimez sincèrement, monsieur Raoul, laissez-moi ! Ne me poursuivez plus !. Vous ne voulez pas faire mon malheur ..

— Et vous dites que vous m'aimez ! s'écria Raoul d'un ton amer...

— Dieu m'est témoin, fit solennellement Blanche, que je vous aime profondément.

Je sens que je n'aimerai jamais que vous.

— Qui vous retient, alors ?

— Un sentiment que vous ne pouvez pas comprendre.

— Ce que je vous demande n'est cependant pas bien pénible, reprit le jeune homme d'un air ironique..., la permission de vous voir passer seulement tous les soirs. Je ne vous parlerai même pas, si vous le désirez ; mais que votre regard tombe sur moi, et sa douceur suffira pour illuminer de bonheur toute ma soirée. Me le promettez-vous ?

Blanche n'eut pas la force de refuser. Elle inclina la tête en signe d'assentiment.

Raoul déposa un ardent baiser sur la main de la jeune fille, et s'éloigna, heureux.

Quand Blanche rentra, boulevard des Batignolles, elle trouva Louise qui l'attendait, anxieuse.

— Comme tu reviens tard ! fit celle-ci.

— Nous avions du travail à terminer, répondit la jeune fille, qui évita le regard de la mère de Louis.

— Nous ne savions pas ce qui était arrivé ; Louis a dû partir, très inquiet.

Blanche disparut dans sa chambre pour cacher sa rougeur. C'était la première fois qu'elle mentait.

Le lendemain, Mlle Julie vint avertir Louise de ce qui se passait. Celle-ci eut un tressaillement de douleur. C'était sa vie, à elle, qui recommençait, avec toutes ses angoisses, toutes ses tortures, tous ses déchirements. Elle revit, en un instant, tout ce qu'elle avait souffert. C'est ainsi qu'elle avait été séduite, trahie, par le fils des gens chez lesquels elle travaillait. C'était chez un banquier, la maison Ducrot et Cie. Le jeune homme, Pierre Ducrot, élégant et débauché, l'avait abusée par des promesses brillantes. Elle l'avait aimé. Elle avait cru à ses serments ; puis un beau jour, quand il l'avait vue enceinte, il l'avait chassée de chez lui, et elle était rentrée dans son misérable hôtel à moitié inanimée, les jambes brisées par la douleur. Elle s'était affaissée comme une masse dans l'escalier, et, sans l'aide d'un voisin charitable, elle y serait morte peut-être. Cela n'eût-il pas mieux valu, du reste ? Elle n'aurait pas donné naissance à Louis. Elle souffrait déjà toutes les tortures qui allaient déchirer le cœur de son fils quand il saurait que Blanche ne l'aimait pas ; qu'elle en aimait un autre. Blanche allait donc revivre sa vie à elle, sa vie d'abandon, de honte et de larmes ?

La pauvre femme se sentait envahie par un découragement profond. C'était un coup terrible qui lui brisait le crâne. Elle avait hésité à interroger Blanche sur ses sentiments à l'égard de son fils ; elle espérait toujours que celui-ci changerait de résolution, mais elle était loin de se douter que même cet amour-là, dont elle croyait être maîtresse, serait refusé à son enfant et deviendrait pour lui une source de larmes. Elle restait comme affaissée, sans force ; mille pensées confuses bourdonnaient dans sa tête creuse...

— Oh ! si Louis apprenait ! murmurait-elle par instants, pâle de terreur.

XI

L'amour de Louis pour Blanche allait grandissant tous les jours. Le fils de Louise devenait, en présence de la jeune fille, tellement gauche, timide, embarrassé, qu'il osait à peine lui adresser la parole. Il attendait avec impatience que sa mère eût parlé à sa nièce, comme elle le lui avait promis. Ainsi que nous l'avons dit, la pauvre femme avait essayé de gagner du temps, ne pouvant pas se faire à l'idée d'abandonner les espérances d'alliance grandiose qu'elle avait rêvées pour son fils, voulant se persuader que l'amour de Louis était une de ces passions d'enfant qui naissent en un jour et meurent en une semaine.

Malheureusement, elle commençait à s'apercevoir qu'il n'en était pas ainsi. Son fils dépérissait à vue d'œil. Il ne mangeait plus et ne travaillait pas. Autrefois, dans les loisirs que lui laissait le reportage, il écrivait de petites nouvelles douces, qu'il lisait à sa mère et à Blanche. Maintenant, dès qu'il était habillé, il s'en allait errer par les rues, rêveur et mélancolique. A la maison, il parlait à peine, affecté de l'air froid de Blanche. Les regards insouciants de la jeune fille, la façon inattentive dont elle répondait aux quelques allusions timides qu'il se permettait quelquefois, lui mettaient la mort dans l'âme. Il s'arrêtait tout hébété, se levait de table et se renfermait dans sa chambre.

Louise, jugeant que cette situation était intolérable, avait pris la résolution de parler à Blanche, quand Mlle Julie vint lui faire la confidence que nous connaissons. Maintenant elle n'osait plus. Qu'allait répondre la jeune fille ? Elle comprenait à cette heure l'indifférence de sa nièce, qu'elle avait attribuée auparavant à sa jeunesse et à sa légèreté. Elle s'était bercée de l'idée qu'il lui suffirait de dire à la jeune fille que son fils avait jeté les yeux sur elle, pour que celle-ci fût trop heureuse, trop fière, d'avoir été choisie par lui. Elle s'était plusieurs fois représenté la scène attendrie qui suivrait cette confidence. Blanche, se jetant dans ses bras avec des larmes de joie, bénissant Louis et promettant de l'aimer d'un amour éternel. Aujourd'hui, ce n'était plus cela. Qu'allait-il se passer ? Elle aurait beau employer toute son éloquence pour démontrer à Blanche les dangers de son amour, disproportionné avec sa position. Si cet amour était sincère, fortement enraciné déjà, comment l'extirper du cœur de la jeune fille ? Elle savait mieux que personne ce que c'était, elle, qu'un amour tenace. Elle avait passé par là. A elle aussi, on avait montré l'abîme ; elle ne s'y était pas moins jetée tête baissée.

Il est difficile de se faire une idée de ce que souffrait la pauvre femme. Habituée à mettre son fils au-dessus de tout, à tout sacrifier pour lui, ayant au cœur un de ces amours exclusifs de mère sans mari qui brisent tout autour d'eux, elle sentait qu'elle ne serait pas la plus forte et que le bonheur de son enfant allait être broyé dans la lutte qui s'engageait.

Pendant la nuit qui suivit la visite de Mlle Julie, elle ne dormit pas. Mille projets, plus extravagants les uns que les autres, emplissaient son cerveau.

Elle avait pris cependant une résolution énergique. Dès qu'elle fut levée, elle se dirigea vers la chambre de Blanche.

La jeune fille, effrayée de son air sombre, s'approcha pour l'embrasser. Elle la repoussa doucement.

— Assieds-toi, dit-elle, j'ai à te parler !

La nièce s'assit, fort surprise...

Louise était restée debout, allant et venant, fouettée par une émotion violente.

Il y eut quelques minutes de silence embarrassé.

Blanche était devenue très pâle. Elle se doutait qu'il allait se passer quelque chose de grave. Elle pensa immédiatement à Raoul. Peut-être savait-on déjà quelque chose. Elle sentait dans tous ses membres cette sorte de tremblement convulsif qui agite les coupables.

Louise, faisant un effort pénible, se décida enfin à prendre la parole.

— Blanche, dit-elle, Louis m'a confié près de toi une mission délicate...

La jeune fille poussa un soupir de soulagement. Il ne serait pas question de Raoul. On ne savait rien.

— Louis ?... fit-elle, étonnée...

— Louis, poursuivit la mère. Cette mission, j'hésitais à la remplir, mais je crois que le jour est venu...

Elle s'arrêta, comme pour prendre de nouvelles forces, puis elle ajouta tout d'une haleine, sans regarder Blanche :

— Louis t'aime ; il m'a chargée de demander ta main.

Blanche devint livide. Elle se leva comme mue par un ressort.

— Louis ?... balbutia-t-elle... mais c'est impossible !...

— Impossible ? dit la mère ; et pourquoi donc impossible ?...

— Je ne sais pas, moi, murmura la jeune fille affolée, mais il me semble...

— Que te semble-t-il ?... Tu devrais être flattée de ce choix... Tu es une simple ouvrière, tandis que mon fils...

— C'est pour cela, dit précipitamment Blanche, je ne puis pas être pour lui... Il trouvera mieux que moi... Il se figure m'aimer, parce qu'il me voit tous les jours... Moi aussi, je l'aime, mais d'amitié seulement... Ce n'est plus la même chose.

— Ainsi il faudra lui répondre ? demanda Louise, affectant un grand calme...

— Il faudra lui répondre que je suis très honorée, que j'ai beaucoup de chagrin et de regret, mais...

— Que tu ne l'aimes pas ?

Blanche fit un signe affirmatif.

— Tu sais, reprit Louise, toujours froide, qu'il t'aime depuis longtemps et qu'il peut en mourir ?...

La jeune fille eut un geste désespéré...

— Cela t'est bien égal, fit la mère, d'un ton

amer, qu'il meure et que je meure de désespoir après lui...

Blanche sentit des larmes venir à ses yeux.

— Ma tante, s'écria-t-elle, pourquoi me parler si cruellement? Vous savez bien que je vous aime tous les deux; vous savez bien que je donnerais ma vie pour vous; mais il y a des choses qu'on ne peut pas donner, dont on n'est pas maître, le cœur, par exemple.

Louise lui prit durement la main.

— Parce qu'il appartient à un autre, lui dit-elle, les yeux dans les yeux.

La jeune fille poussa un cri de terreur...

— Je sais tout, poursuivit Louise, on est tout venu me raconter... Ne cherche pas à nier et à mentir. Tu aimes le fils du comte de Marsac!...

Blanche courba la tête.

— C'est vrai, dit-elle.

— Insensée! Où va te conduire cet amour?

— Je ne sais pas; je l'aime...

— Tu l'aimes? Tu oses dire cela devant moi!...

— Je l'oserai devant tous! cria Blanche avec énergie.

— Blanche!

— Ma tante!

Les deux femmes se jetèrent un regard de défi.

— Oh! je saurai bien, clama Louise emportée, t'arracher à cet amour!

— M'arracher à cet amour, mais il y a longtemps que je l'aime, et si j'en meurs?...

Louise haussa les épaules.

— Des folies! fit-elle.

— Des folies! reprit Blanche exaspérée. Pourquoi des folies? Raoul m'aime. Je l'aime. Je n'aimerai jamais que lui!

Blanche s'était redressée. Elle avait marché sur Louise de l'air de menace d'une lionne qui défend ses petits, car rien ne ressemble plus à une lionne défendant ses petits qu'une femme qui défend son amour.

La mère de Louis se laissa tomber dans un fauteuil, avec des cris de désespoir...

— Mon fils! mon fils! murmura-t-elle.

— Votre fils! fit Blanche. Vous ne voyez

partout que votre fils. Les autres aussi ont droit à la vie, au soleil et au bonheur!

Louise ne répondit pas. Elle sanglotait...

Blanche, émue, se jeta dans ses bras.

— Ma tante, ma bonne tante, pardonnez-moi le chagrin que je vous fais... Ce n'est pas ma faute, mais je l'aime, et je sens que je ne pourrai pas m'empêcher de l'aimer...

— Pauvre enfant! murmura Louise, c'est sur toi surtout que je pleure.

— Sur moi?

— Oui, sur toi... Tu ne sais pas quelle source de douleurs, de misère et de honte sera pour toi cet amour.

— On me l'a déjà dit...

— Et tu ne l'as pas cru?

— Non!...

— Tu ne l'as pas cru, parce que tu es jeune, parce que tu es confiante, parce tu ne sais rien de la vie... Mais tu verras plus tard, quand il t'aura abandonnée...

— Il ne m'abandonnera pas...

— Tu crois qu'il t'épousera?...

— Je crois qu'il m'aimera toujours ; il me l'a juré...

— Malheureuse enfant !

Il y eut quelques instants d'un silence lourd, coupé de soupirs et de larmes.

Tout à coup, Louise prit les mains de Blanche.

— Écoute-moi, Blanche, dit-elle, pour te prouver combien je t'aime, je vais te confier un secret que je n'ai confié à personne encore. Je ne suis pas veuve. Je n'ai pas été mariée. Louis n'a pas de père qui l'ait reconnu. Il est fils d'un homme qui m'a abusée autrefois, comme t'abusera Raoul. Il était riche comme lui, il était jeune, beau. J'allais travailler chez ses parents ; il venait causer avec moi, les après-midi. Il me parlait de son amour. Il me faisait les plus brillantes promesses. Il devait m'épouser quand il serait libre. Mais il ne m'aurait rien promis, il n'y aurait pas eu de mariage au monde, qu'il serait venu à bout de moi tout de même. Je l'aimais... Qu'y avait-il d'étonnant à cela ? J'étais une pauvre fille abandonnée, livrée à moi-même. Il était élégant, d'une beauté et d'un charme que je n'avais pas vus encore. Avec sa richesse, sa grande situation, ses chevaux, ses voitures, car je le voyais passer souvent à cheval ; je le voyais dans ses brillants équipages, qu'il conduisait lui-même, il avait pris pour moi les proportions de quelque divinité. Je me serais mise à genoux devant lui. Il devait m'aimer toujours ; il me l'avait juré ; il m'aima six mois, puis il m'abandonna, et je n'ai plus entendu parler de lui. Oh ! ce que j'ai souffert depuis, tu ne peux pas te le figurer, les larmes que j'ai versées, les nuits d'insomnie, de désespoir, la honte. Je ne l'ai pas oublié cependant. Son image est toujours là devant moi, tel qu'il était, avec ses moustaches noires, son teint pâle, ses mains blanches comme des mains de prêtre. Je n'ai jamais, depuis, pensé à un autre homme. Louis lui ressemble un peu. Il est beau, pâle, élégant comme lui... Comment peux-tu ne pas l'aimer ?

— Je n'y ai jamais songé... Pourquoi ne m'a-t-il pas parlé ?

— Il n'osait pas... Mais, crois-moi, Blanche, oublie M. Raoul.

— L'oublier ?... murmura la jeune fille. Je sens que je ne le pourrai pas... Comme celui que vous n'avez pas cessé d'aimer malgré son abandon, il me paraît d'une nature supérieure à celle des autres hommes. Il est beau, grand... Il a un sourire divin qui me transporte. Il me semble que si je ne devais plus le voir, le soleil s'éteindrait pour moi, et toute la lumière qu'il y a dans le monde s'obscurcirait... Il trône, là, devant moi. Il nous entend et il m'encourage. Son regard me parle et me dit d'avoir confiance en lui...

Blanche était comme transfigurée... Sa figure illuminée, en extase, semblait boire du bonheur.

Louise fit un geste brusque de découragement :

— Aime-le donc, malheureuse! s'écria-t-elle, et souffre tout ce que j'ai souffert! Tu ne me reprocheras pas, au moins, de n'avoir pas fait tout ce que j'aurai pu pour te sauver... Mais que Louis surtout ne sache rien !

Elle poussa violemment la porte et sortit.

Le soir, au dîner, Louis prévint sa mère

qu'il ne dînerait pas à la maison le lendemain.
avait rencontré un de ses anciens camarades de collège qui l'avait invité.

— En voilà un, ajouta-t-il, qui est heureux. Il a vu tout lui réussir. Il a pu continuer ses études sans entraves. Il est riche, lui. Je suis sûr que toutes les femmes l'aiment. Il porte brillamment cet uniforme que j'ai tant envié... Au collège, il avait de l'argent à pleines poches : il voyait toutes ses fantaisies satisfaites. Un beau nom, de grandes espérances, un père influent, une mère qui l'adore. Il fera vite son chemin, celui-là. Il y en a qui naissent réellement bien heureux.

Louise ne disait mot, haletante, chaque phrase entrant en elle comme un coup de poignard.

Blanche pensait à Raoul. C'était le portrait de celui qu'elle aimait, que Louis venait de tracer en quelques lignes.

— Et comment se nomme cet ami si fortuné? demanda la mère.

— Raoul de Marsac, répondit Louis.

La foudre tombant sur la maison eût produit

moins d'effet que ce nom, jeté, après ce qui s'était passé le matin, entre les deux femmes.

Elles se regardèrent, terrifiées, les veines vides de sang.

XII

— Moi, je ne suis pas de votre avis. Les amours faciles n'ont rien qui me tente. J'éprouve plus de plaisir à serrer la main frémissante d'une jeune fille dont les yeux s'allument à mon aspect qu'à me rouler sur le genou froid et banal de vos cocottes à la mode.

Des clameurs d'indignation accueillirent ces paroles.

— De l'amour platonique! fit une voix, oh! là, là!

— Il y a beau temps que c'est passé de mode! cria un autre.

— Ramène-nous tout de suite aux Bucoliques!

— A Murger !

— Aux grisettes !

— Je parie, fit un jeune homme pâle, que ta divinité est une couturière et qu'elle a l'index criblé de coups d'aiguilles, ce qui donne à la peau la douceur aimable d'un morceau de chien de mer.

De grands éclats de rire s'élevèrent de toutes parts.

Ces paroles étaient prononcées dans un des salons de Bignon, au premier étage de l'avenue de l'Opéra, à la fin d'un dîner qui avait dû être exquis et copieusement arrosé, à en juger par l'œil allumé des convives. On était arrivé au dessert. Les bougies, à moitié consumées, avaient cette lueur pâlissante qui marque la fin des festins, soit qu'elles deviennent réellement moins brillantes, soit que leur éclat s'affaiblisse devant l'éclat toujours plus vif des regards. Des fruits de tous genres, des raisins couleur d'opale, des pêches veloutées, des poires d'un jaune tendre comme de l'or vierge, dormaient dans les surtouts d'argent, sur des lits de mousse vert-pomme. Le champagne bruissait dans les coupes au milieu d'un couvert en désordre.

L'édifice savant du dessert ne tarda pas à s'écrouler. Des mains avides fourragèrent à travers les grappes transparentes.

On ne cessait pas de discuter pour cela. Raoul de Marsac, le premier qui avait pris la parole et qui présidait le festin, se leva.

— Riez tant qu'il vous plaira, mes amis. Je maintiens ce que j'ai dit.

— Et vous avez raison, Raoul, fit une voix au bout de la table.

On se pencha pour examiner l'original qui avait prononcé ces mots. Personne ne le connaissait. Il avait peu parlé jusqu'alors et ne s'était guère mêlé à la joie bruyante des convives. C'était, disait-on, un ami de Raoul, un ancien camarade de collège qui était devenu journaliste. On ne s'étonna pas beaucoup de le voir donner raison à l'amphitryon, et son acquiescement inattendu jeta comme un froid parmi les convives.

Louis parut s'inquiéter fort peu de l'attention dont il était l'objet. Le cerveau un peu échauffé par le bourgogne qu'il avait bu et auquel il n'était pas habitué, sa pensée était bien au-dessus de l'entresol au plafond bas de l'avenue de l'Opéra. Elle flottait dans l'espace à travers des nuages dorés parmi lesquels se dressait la silhouette aimée de Blanche. Il n'avait été arraché à son rêve que par les paroles de Raoul. L'idée qu'elles exprimaient faisait corps pour ainsi dire avec ses propres idées, et il n'avait pu s'empêcher d'approuver hautement son ami...

Pour changer la conversation, un des convives proposa de porter la santé de Raoul, qu'il félicita sur sa nomination, espérant que l'épaulette à fils lisses de sous-lieutenant serait remplacée bientôt par l'épaulette à grains de raisins de Corinthe de colonel.

On se leva aussitôt ; les verres se choquèrent, et après quelques paroles de remerciement de Raoul, on quitta la table et on se dirigea bruyamment, d'un pas un peu chancelant, vers le salon, où le café attendait, les tasses préparées, la cafetière fumante, les boîtes de cigares et de cigarettes alignées en ordre de bataille.

A ce moment, Raoul se rapprocha de Louis.

— Je vous remercie, lui dit-il à demi-voix, en souriant, d'avoir pris ma défense. Autrement, j'étais écrasé sous la réprobation générale...

— Il y a dans le peuple des filles adorables, reprit Raoul, mais ces nigauds-là, ajouta-t-il en montrant ses amis, leur préfèrent des femmes à la mode, usées, plâtrées, spectrales, dont la bouche indifférente a essuyé les lèvres de tous les chercheurs de plaisirs des deux continents. L'aspect seul de ces ruines amoureuses me fait tressaillir et me glace. Je sens du froid autour d'elles comme autour d'une pierre tombale...

De grands éclats de rire s'élevèrent au bout du salon. On venait de faire une farce à un des convives, au savant.

Raoul quitta précipitamment Louis, pour aller voir ce qui se passait...

Resté seul, le journaliste fut pris d'une pensée singulière. Dans le vague de la demi-ivresse qui le gagnait, il lui sembla que c'était Blanche que Raoul avait voulu désigner en parlant de ces filles du peuple qu'il trouvait adorables. Il ne savait pourquoi il associait dans son idée Blanche à Raoul. Une sorte de lueur lui avait traversé le cerveau tout à coup, et il restait anéanti, n'osant faire un pas, les jambes brisées, les cheveux se dressant sur sa tête. C'était insensé, absurde, ce qu'il imaginait là. Des filles du peuple, il y en a cent mille à Paris.

Pourquoi serait-ce justement Blanche ? Il secoua la tête comme pour chasser cette idée qui l'obsédait, qui le poignait. Des envies folles le prenaient d'aller à Raoul et de l'interroger, et il restait à sa place comme cloué au sol, livide. Les autres convives qui s'agitaient autour de lui semblaient séparés de lui par un abîme. Il entendait leurs voix et leurs éclats de rire comme dans un lointain. Ses tempes bourdonnaient. Il ne distinguait rien.

Une voix murmura à côté de lui :

— Eh bien, il est bien, ton ami le journaliste... Quelle *culotte !*

C'était de lui qu'on parlait. Il était donc tout à fait gris ? C'est pour cela, sans doute, qu'il lui venait des idées si étranges.

Il essaya de se remettre, de secouer cette torpeur qui l'engourdissait. Il n'était pas ivre, puisqu'il suivait toutes ses pensées; il sentait son cerveau lucide. Si c'était vrai, cependant ? C'était possible, après tout... Il lui semblait avoir entendu prononcer chez lui le nom de Marsac. Était-ce bien lui ? Blanche avait été travailler là-bas, peut-être ; au fur et à mesure que l'idée semée dans sa tête y prenait racine et germait, des détails lui revenaient. Alors des frissons glacés couraient par tout son corps.... Il se disait que si cela était, il n'aurait guère de chances à lutter avec Raoul. Le fils du comte de Marsac avait sur lui tant d'avantages. Il serait vaincu, fatalement vaincu, et alors que deviendrait-il ? Cet amour brisé, c'était son cœur qu'on lui enlevait ; c'était sa vie qui finissait. Et il regardait Raoul, exubérant de gaieté, l'œil allumé, les joues roses, badinant avec ses camarades. Comparé à lui, avec sa mine maussade, il avait l'air du jour qui se lève, tout rayonnant de soleil et d'azur, tandis qu'il ressemblait, lui, à la nuit qui tombe, chagrine et voilée de brumes. Cette image qui lui vint l'attrista encore et il tomba dans cette mélancolie sombre, noire, taciturne, qui est le signe évident de certaines ivresses.

A partir de ce moment, tout s'obscurcit autour de Louis. Il lui sembla qu'il marchait en plein songe. Il se rappela qu'il était sorti du restaurant avec les autres. On avait erré à travers les rues éclairées. On était entré dans des cafés étincelants de dorures. Des filles en toilettes roses ou bleues s'étaient un moment mêlées aux habits noirs. Louis en avait repoussé deux ou trois. Il avait entendu des injures, de loin, comme si elles avaient été dites par des ombres; puis il s'était trouvé tout seul sur le boulevard des Batignolles. Un fiacre qui s'enfuyait l'avait déposé là.

Des balayeurs passaient, descendant vers Paris. Une bande blanche s'élargissait à l'horizon. C'était le jour. Le sommet des maisons s'éclairait de cette lueur bleue de l'aube qui donne à tout une apparence blafarde...

Quand Louis se réveilla le lendemain, assez tard, il lui sembla qu'il sortait d'un sombre cauchemar. Il n'y avait de net dans son esprit que l'idée qui lui était venue de l'amour de Raoul pour Blanche...

Dès qu'il fut habillé, il alla vers sa mère...

— Blanche n'a-t-elle pas travaillé, lui demanda-t-il à brûle-pourpoint, chez la comtesse de Marsac ?

Louise tressaillit. Se douterait-il de quelque chose ?

Elle fit de violents efforts pour paraître calme.

— Non, répondit-elle. Pourquoi me demandes-tu cela ?

— Pour rien. Il m'avait semblé entendre prononcer ce nom ici.

— Jamais... C'est toi le premier qui me l'as appris en nous parlant de ton ami.

— Je me serai trompé, balbutia le jeune homme...

Après un moment de silence, il reprit :

— As-tu parlé à Blanche, mère ?...

— Blanche est encore jeune, murmura Louise, embarrassée...

— Je t'en prie, parle-lui, parle-lui le plus tôt possible, que je sache à quoi m'en tenir... Je ne sais pas pourquoi, j'ai comme un pressentiment qu'un malheur menace cet amour... Il me vient des pensées étranges... Hier soir, après le dîner, sais-tu quelle idée m'est poussée, une idée qui m'a obsédé toute la soirée et même pendant mon sommeil ?

— Non, dit Louise, devenue d'une pâleur livide.

— Eh bien, je me suis imaginé, je ne sais pas pourquoi, que Blanche aimait quelqu'un.

— Blanche ? tu es fou ! cria Louise.

— Et que ce quelqu'un, ajouta le jeune homme, sans prendre garde à cette exclamation, c'était Raoul.

— Qui peut te faire croire? balbutia-t-elle.

Louise n'avait plus une goutte de sang dans les veines.

— Rien, je le sais. Je n'ai pas de raison... C'est insensé, absurde..., je me le suis dit toute la soirée... Mais cela est... et je ne puis pas chasser cette pensée... Si j'étais sûr, au moins, que Blanche m'aime ou m'aimera, qu'elle n'aime personne, je ne me forgerais pas de pareilles chimères... C'est pour cela que je te supplie de lui parler.

— Je lui parlerai aujourd'hui même.

— Tu me le promets ?

— Je te le jure.

— Si elle connaissait Raoul, songe combien je brille peu auprès de lui, et comme il lui serait facile de le préférer à moi. Il a tout pour lui : la beauté, la fortune, l'esprit, l'uniforme, le nom, et je n'ai pour moi que mon amour.

— Blanche ne connaît pas Raoul ; comment veux-tu qu'elle le connaisse ? Puis, tout beau qu'il soit, il n'est pas si beau que toi, mon Louis. Il n'a pas tes grands yeux noirs, profonds, ton grand front blanc éclairé par l'intelligence...

Louis sourit.

— Tu me flattes trop, mère.

Louise l'avait pris dans ses bras.

— Quelle femme pourrait préférer quelqu'un à mon Louis ? s'écria-t-elle avec une sorte d'exaltation...

— Si Blanche avait tes yeux ! murmura tristement le jeune homme...

— Il n'y a pas que Blanche au monde...

— Il n'y a qu'elle pour moi...

— Quel malheur j'ai eu de la faire venir!

— Tu sais donc qu'elle ne m'aimera pas? s'écria vivement Louis.

— Eh! non, répondit la mère, mais j'avais espéré pour toi...

— Que pouvais-je espérer de mieux? Nous sommes sans fortune tous les deux... Et puis je l'aime, mère; je l'aime tous les jours davantage, comme un fou, comme une bête. Il me prend quelquefois des envies de me jeter sous ses pieds, de la faire marcher sur mon front et sur mon cœur pour lui faire voir qu'ils sont bien à elle. Quand elle est là, cette petite chambre me semble plus belle qu'un palais... son regard éclaire ma vie...

— Que ne lui dis-tu tout cela toi-même?

— Je n'oserai jamais.

— Il vaut mieux, en effet, que je lui parle d'abord.

— Parle-lui, mère, je ne vis plus... Si la réponse est favorable, la terre ne portera plus ton fils...

Il embrassa affectueusement sa mère et sortit.

Louise resta seule, le cœur serré. La joie qui brillait dans son regard en voyant le bonheur de Louis s'éteignit tout à coup. Il fit nuit dans son âme.

— Il fallait si peu, murmura-t-elle, pour le rendre heureux. Le ciel ne l'a pas voulu; il me punit cruellement de mes pensées ambitieuses. Je ne voulais pas lui faire épouser Blanche, et c'est elle qui ne veut pas de lui. Pauvre, pauvre enfant! Il a raison, rien ne lui réussit à lui. Il semble avoir été marqué dès sa naissance par le malheur. Il porte le poids de ma faute. C'est ma faute qui pèse si lourdement sur ses épaules. Après avoir été obligé de sacrifier un avenir qu'il rêvait, il se verra enlever un cœur qu'il avait le droit de regarder comme lui appartenant. Pourquoi l'ai-je mis au monde, s'il était ainsi destiné à souffrir?

Elle se laissa tomber sur la table, la tête dans ses mains.

Blanche poussa la porte et s'arrêta sur le seuil en voyant sangloter sa tante.

Celle-ci leva la tête.

— Vous pleurez, ma tante?

— Que veux-tu que je fasse maintenant? N'ai-je pas pleuré toute ma vie, du reste; pourquoi changerais-je?

— Et c'est moi qui suis la cause de vos larmes, murmura Blanche... Que je suis malheureuse!

— C'est toi, en effet, répliqua Louise brutalement, essuyant ses yeux... Il m'a fait tressaillir dans toute ma chair tout à l'heure. Il a assisté au dîner de Raoul de Marsac, et n'est-il pas allé s'imaginer que Raoul était amoureux de toi?

— Grand Dieu!...

— Oui, ça lui est venu comme cela, sans raison... une inspiration du ciel ou de l'enfer. Juge dans quel état j'étais quand il me parlait de cela!... Juge comment j'ai pu lui répondre quand il m'a demandé si tu avais travaillé chez la comtesse de Marsac. Quelles angoisses! quelle torture! Je sentais des gouttes de sueur froide ruisseler sur tout mon corps. Et les efforts qu'il me fallait faire pour cacher mon trouble! Non, si cela devait durer encore longtemps, j'aimerais mieux mourir tout de suite, et que ce soit fini...

Elle regardait Blanche d'un air farouche.

La jeune fille, toute tremblante, ne disait rien.

— Il est donc bien tenace, cet amour, que tu ne puisses pas t'en défaire, reprit la mère, quand tu vois que cela nous fait souffrir tous?... Il est donc bien laid, mon fils, que tu ne puisses pas l'aimer? Il a fallu que ce gandin aille se jeter dans ta vie!... Louis saura tout un jour. Nous ne pourrons pas le lui cacher, maintenant que ses soupçons sont éveillés... Et qui sait ce qui arrivera? Il est capable de le tuer, ton Raoul, ou de se faire tuer. Se faire tuer! Et c'est toi qui l'auras tué, toi que j'ai recueillie et nourrie, toi la fille de ma sœur!... Tu ne dis rien. Tu ne réponds pas... A quoi songes-tu? Ton cœur est donc plus dur qu'un roc? Si tu ne dois pas l'aimer, mon fils, fais du moins semblant; qu'il ait les apparences du bonheur puisqu'il ne peut pas avoir le bonheur lui-même...

— J'essaierai, murmura Blanche, que cette sorte de douleur sauvage avait brisée...

— Tu ne reverras plus l'autre ?

— Jamais !

— Il pourrait arriver de grands malheurs, sais-tu. Et puis, tu verras; tu t'en serais repentie plus tard... Alors, je puis lui dire, à mon fils, que tu l'aimeras ?

Blanche fit un signe affirmatif.

Louise la saisit dans ses bras, l'enleva de terre et l'embrassa sur le front avec une énergie brutale.

— Chère enfant ! murmura-t-elle... Tu seras récompensée plus tard de ton sacrifice. Tu verras comme il sera bon pour toi, mon Louis, et comme il te rendra heureuse !...

Blanche secoua la tête et murmura :

— Peut-il y avoir encore du bonheur pour moi ?

La mère ne l'entendit pas, et le soir même le fils de Louise et Blanche furent fiancés, et la date de leur mariage fixée.

DEUXIÈME PARTIE

I

— Enfin! murmura Louis avec un grand soupir de soulagement, quand il eut, sur le seuil de la salle de bal, serré la main du dernier invité.

Resté seul, il jeta un regard autour de lui. Dans la vaste pièce tout à l'heure pleine de sons de cuivre, d'agitation et de bruit, où tourbillonnaient les couples enlacés, habits noirs et toilettes claires, — un grand silence s'était fait. Sur le parquet traînaient des fleurs fanées, des dentelles déchirées. Dans un coin, les musiciens, se hâtant, rentraient leurs instruments dans les étuis de bois noir. Les garçons, marchant à pas rapides, éteignaient les bougies que le jour naissant faisait pâlir. Les pendeloques de cristal, agitées en passant, jetaient un son cristallin...

Il resta une minute à contempler cet aspect triste, que prennent, après une fête, les endroits où cette fête a eu lieu, sombre comme un horizon que le soleil vient de quitter, puis il se dirigea d'un pas rapide, vers le deuxième étage, où un appartement avait été préparé pour les nouveaux mariés.

Marié ! Il était marié ! Il avait épousé Blanche ! Il l'avait accompagnée le matin, pâle d'émotion dans sa robe de soie blanche, sur laquelle les fleurs d'oranger couraient en guirlandes, à la mairie, puis à l'église, et le maire et le prêtre les avaient indissolublement unis. Qu'elle était belle, et avec quelle voix douce elle avait prononcé le « oui » solennel ! Que d'émotion ! que de bonheur ! quelle journée radieuse ! Quand le prêtre avait voulu lui faire mettre l'anneau au doigt de sa femme, sa femme ! il tremblait tellement que l'assistant avait été obligé de l'aider. Et le déjeuner après la messe, le déjeuner pendant lequel il avait senti près de son pied frémir son petit pied ! Puis la promenade, côte à côte, dans le bois, le dîner, et le bal où il avait dansé et valsé avec elle, les yeux penchés sur son cou, aspirant la chaleur de sa chair blanche ! Avait-il fait beau ? Il l'ignorait. Tout lui avait paru riant, éclatant, illuminé par le bonheur. Il avait passé ces heures rapides dans une sorte de nuage, en extase, planant, pour un instant, au-dessus des misères de ce monde... Il lui semblait qu'il faisait un rêve délicieux, au milieu duquel il craignait à chaque instant d'être réveillé...

Elle avait quitté le bal, il y avait une heure environ, avec Louise et, maintenant, elle l'attendait. Elle l'attendait ! Il ne marchait pas dans les escaliers, il volait.

Arrivé à l'appartement, il s'arrêta, son cœur battant à rompre sa poitrine, il n'osait pas frapper...

Des éclats de voix s'entendaient derrière la porte. Il eut une sensation pénible. Quelque chose de glacé tomba sur son cerveau en feu.

Il frappa du doigt trois petits coups. Les voix s'arrêtèrent aussitôt. Il entendit dans la pièce des pas précipités, comme les pas d'une personne surprise et qui cherche à prendre une contenance. Puis, au bout de quelques minutes, sa mère vint ouvrir. Elle était pâle, les yeux rouges et tristes, bien qu'elle s'efforçât de paraitre gaie et de sourire. Qu'est-ce que cela voulait dire?

Dans le fond de la pièce, il aperçut Blanche debout contre la glace, dans sa toilette immaculée, dont on avait enlevé les fleurs. Son regard tomba sur lui, et il lui sembla que ce regard était dur et menaçant. Elle lui fit l'effet, ainsi, d'une statue de neige, et le froid qui rayonnait d'elle vint jusqu'à lui.

Louis jeta vers sa mère un regard éploré.

— Blanche est souffrante, dit celle-ci... On t'a fait préparer une chambre à côté...

— Comment? balbutia le pauvre garçon.

— Oui... Vois comme elle est pâle... Une migraine horrible...

— Ne pourrais-je au moins, demanda Louis, timide, lui souhaiter le bonsoir?...

— Oh! ce n'est pas à ce point.

Il s'approcha.

— Vous souffrez, Blanche?

— Oui, beaucoup, ce bruit, ces lumières, les danses auxquelles je ne suis pas habituée...

Elle était d'une pâleur livide, les yeux rougis ainsi que Louise, comme si elles avaient pleuré toutes les deux.

L'infortuné marié ne savait trop quelle contenance faire... Toute sa joie s'était envolée. C'était bien un rêve qu'il avait fait, un rêve rapide, qu'un brusque réveil venait de terminer.

Son regard éperdu allait de sa mère à sa femme...

— Si j'étais sûr, dit-il, que ce fût cela, et rien que cela... Une migraine est vite passée...

— Et que veux-tu que ce soit?

— Eh! le sais-je, moi?... Quand je suis arrivé, vous parliez comme quelqu'un qui se dispute... Les voix se sont arrêtées dès que j'eus frappé, et je vois à vos yeux que vous avez pleuré toutes les deux... Blanche, qui devrait être dans mes bras, chancelante d'amour, est là debout, rigide, l'œil fixe, sans un élan, sans un sourire...

Louise eut un geste d'angoisse.

— Blanche souffre.

— Si elle souffre tant, il faut la laisser se reposer, répondit Louis avec amertume... Bonsoir, Blanche...

— Bonsoir, Louis...

Il l'embrassa et tendit son front. Deux lèvres glacées s'y posèrent...

Le pauvre marié fit un mouvement désespéré; il prit le bras de Louise et sortit de la chambre.

Quand il fut seul avec sa mère, il se jeta dans ses bras et éclata en sanglots.

— Elle ne m'aime pas ! Elle ne m'aime pas ! répétait-il au milieu de ses larmes.

Louise le laissa pleurer. Cela le soulagerait.

Quand il eut fini.

— Il faut l'emmener, dit-elle, le plus tôt possible... dès demain... Vous voyagerez pendant un mois, deux mois, s'il le faut. Le voyage la distraira. Montre-toi très doux pour elle, très aimant, et elle t'aimera.

— Vous en êtes sûre? mère.

— J'en suis sûre...

— Pourquoi a-t-elle consenti à m'épouser, si elle ne m'aimait pas ?

— Elle est très jeune encore. Elle a des caprices et ne sait pas bien ce qu'elle veut.

— Souffre-t-elle réellement ce soir?

— Beaucoup.

— Que disiez-vous donc, quand je suis arrivé ?

— Rien. Elle voulait te recevoir malgré son état. Je m'y suis opposée... Les imprudences coûtent quelquefois si cher.

Louis ne fit plus aucune question et laissa partir sa mère. Il n'était pas dupe des mensonges qu'on lui avait faits, et il passa la nuit à se creuser la tête pour deviner ce qu'il pouvait y avoir entre Blanche et lui. Triste nuit de noces !

La mariée ne dormit pas davantage. Quand Louis et sa mère se furent retirés, elle sortit de son corsage un petit billet qu'elle relut à plusieurs reprises et qu'elle arrosa de ses larmes...

Ce billet lui avait été remis dans la journée par le cocher qui la conduisait. Il lui avait été glissé de telle sorte qu'elle n'avait pas pu se dispenser de le prendre sans attirer l'attention. Elle n'avait eu que le temps de le dissimuler dans son corsage. Il contenait ces quelques mots :

« Je sais que vous m'aimez toujours... On vous a sacrifiée... De mon côté, je ne vous oublie ni ne vous abandonne.

« RAOUL. »

Ces quelques mots perfides avaient vivement impressionné Blanche... Sacrifiée... Oui, elle l'avait été. Elle le voyait bien maintenant. Elle avait été sacrifiée par sa tante impitoyable, sacrifiée à son Louis pour qui tous les autres humains semblaient faits. On avait profité de sa faiblesse, de l'espèce de position dépendante qu'elle avait vis-à-vis d'eux, pour lui arracher son consentement. Que n'avait-elle eu le courage de quitter cette maison, de se rendre maîtresse d'elle-même ! Combien elle le regrettait maintenant ! C'était fini, et pour la vie... Elle était unie à un homme qu'elle n'aimait pas. Pour la vie, elle était séparée d'un homme qu'elle adorait, car elle avait trop conscience de ses devoirs pour penser à jamais revoir Raoul. C'était donc fini, bien fini... Il n'y avait plus d'espoir. Il n'y avait plus de sourires et de bonheur pour elle; aussi n'était-ce plus de la froideur qu'elle ressentait pour Louis, mais de la haine. Elle avait de la haine surtout pour la mère, qui avait broyé son cœur pour l'offrir à son fils... En pensant à tout cela elle n'avait pu surmonter le sentiment de répugnance qu'elle avait conçu pour son mari, et elle avait dit qu'elle était malade pour n'être pas obligée de le recevoir. Elle avait voulu au moins sacrifier à la pensée de Raoul sa première nuit de noces, et la passer en tête-à-tête avec son souvenir...

Raoul de Marsac avait appris le mariage de Blanche par Mlle Julie. Il en avait été fort surpris. Cela avait été si rapide. En un mois, tout s'était bâclé. Malgré sa promesse, la jeune fille avait cessé de le voir, et toutes les tentatives qu'il avait faites pour se rapprocher d'elle avaient été inutiles. Elle ne sortait plus.

— Triste mariage! fit Mlle Julie... Elle n'aime

pas celui qu'elle épouse. C'est vous qu'elle aime. Je le sais, moi, elle me l'a dit.

— Pourquoi l'épouse-t-elle, alors ? demanda Raoul.

— C'est la mère qui a voulu l'arracher à vos griffes.

— Ah ! bah !

— J'en suis sûre...

— Et quel est le mari? demanda Raoul.

— Son cousin, un journaliste.

— Il se nomme ?

— Louis Robert.

— Louis Robert ? fit le jeune homme avec une extrême surprise.

— Vous le connaissez ?

— Je l'ai connu au collège, et dernièrement je l'ai invité à dîner.

— Diable ! fit Mlle Julie, cela se gâte.

— Que voulez-vous dire ?

— Je veux dire qu'il est malheureux que vous vous connaissiez.

— Pourquoi cela ?

— Il vous présentera sa femme, et alors...

— Oh! nous ne sommes pas liés à ce point...
Et sait-il?

— Quoi?

— Qu'elle m'aime...

— Oh! Dieu, s'il s'en doutait!

— Eh bien?

— Il vous tuerait.

Raoul éclata de rire.

— Il me tuerait? Comme vous y allez!

— On dit qu'il n'est pas très commode, et jaloux! Mais la mère sait tout. Je l'ai prévenue moi-même. C'est ce qui a fait hâter le mariage...

— Vous m'avez rendu là un mauvais service, mademoiselle Julie... je ne l'oublierai pas, fit Raoul en riant...

— J'ai pensé, monsieur Raoul, que votre amour n'était pas bien sérieux.

— C'est ce qui vous trompe, mademoiselle Julie.

— Il y a tant d'autres jeunes filles, et celle-ci était sous ma garde...

— Et puis, mariée ou non, si elle m'aime véritablement?... dit Raoul d'un ton léger.

Mlle Julie fit une exclamation d'indignation...

— J'espère bien que monsieur Raoul va laisser ces jeunes mariés tranquilles...

— Les laisser tranquilles?... Vous ne me connaissez guère... J'aime une jeune fille; elle m'aime... on me l'enlève, et vous croyez que je vais me laisser *dindonner* comme cela? Non, de par tous les diables! C'est fort impertinent, d'abord, d'épouser une femme qui ne vous aime pas!... Tant pis pour qui s'y expose!...

— Monsieur Raoul veut plaisanter, dit la femme de charge.

— Je vous donne ma parole d'honneur que non, répondit le jeune homme. Quand a lieu la noce?

— Samedi.

— Où cela?

— Au Grand-Hôtel.

— Bon, j'y dînerai ce soir-là. Je veux la voir en toilette blanche. Elle sera ravissante.

— Monsieur Raoul ne fera pas cela.

— Si, je le ferai... et je ferai même plus... Je leur ferai passer leur première nuit de noces, chacun dans une chambre séparée ; ce sera vengeance.

M??? Julie crut que le jeune homme plaisantait et se mit à rire.

Malgré la gaieté qu'il affectait, Raoul avait été profondément touché. La pensée que Blanche allait appartenir à un autre l'irritait. Il se représentait tous les charmes de la jeune fille, ces charmes qu'il avait convoités, et qu'il avait cru réservés pour lui, et il sentait une âpre jalousie aiguillonner son amour. Il ne s'imaginait pas même aimer Blanche à ce point, et quand il pensait que la jeune fille l'aimait, qu'on la mariait malgré elle, il avait des accès de rage sourde contre Louis et contre tout le monde. Il réfléchit longtemps à la vengeance qu'il tirerait de ce qu'il considérait comme une trahison, et s'arrêta à celle que nous avons racontée.

Son intention n'était pas d'ailleurs d'aller plus loin. Il quittait Paris dans quelques jours, et il ne voulait pas troubler plus longtemps le bonheur d'un ancien camarade...

Nous avons vu qu'il avait réussi dans son

projet. Sa plaisanterie devait malheureusement laisser des traces plus profondes qu'il ne le pensait.

Quand Blanche ouvrit sa porte, le lendemain, la première personne qu'elle aperçut, ce fut Louis, Louis pâle, triste, les yeux tuméfiés. Le pauvre garçon avait dû bien souffrir! Elle en eut pitié et lui fit signe d'entrer...

Il se précipita dans la chambre. Il en aspira les parfums à pleines narines. Blanche était en peignoir, les cheveux dénoués, adorable...

— Eh bien, demanda-t-il, comment allez-vous ce matin?

— Mieux, je vous remercie...

— Vous ne savez pas à quoi j'ai pensé?

— Non!...

— A faire un voyage...

— Un voyage?... Oh! oui!...

Elle accepta cette idée avec empressement, avec bonheur. Elle se figurait qu'en s'éloignant de Raoul, elle s'éloignerait aussi de sa pensée qui l'obsédait.

— Nous irons loin, dit Louis, bien loin.

— Et quand partons-nous?

— Ce soir...

— Oui, ce soir même; c'est cela...

— Le jour, nous ferons des visites; puis nous prendrons le train à dix heures.

— De quel côté allons-nous?

— En Belgique... A Spa...

Elle était très heureuse. Elle allait et venait dans la chambre, avec des froufrous de jupons blancs empesés. Ses cheveux tombaient sur ses épaules, en torsades d'or. Il y avait de la gaieté, de la joie dans son regard.

Louis n'y put résister. Il la prit à bras le corps, dévora sa nuque, ses lèvres, de baisers passionnés...

Elle ne le repoussa pas.

— Oh! Blanche, murmura-t-il, si vous m'aimiez un jour; si vous m'aimiez comme je vous aime! Ce serait le ciel sur la terre!...

II

Le train partait à dix heures quarante-cinq. Louise accompagna les mariés à la gare. La mère avait vu, à la joie qui rayonnait dans les yeux de son fils, que les jeunes gens commençaient à mieux s'entendre. Blanche paraissait aussi très gaie. Vêtue d'un costume de laine foncé qui faisait ressortir encore sa carnation claire, coiffée d'une toque de voyage qui donnait un air décidé à sa physionomie, le regard animé par l'émotion et le plaisir du déplacement, elle était vivement regardée et admirée par tous les hommes qui stationnaient dans la salle de la gare.

Louis était fier de la montrer à son bras, fier de faire voir qu'elle était à lui, bien à lui, pour la vie. De temps à autre, il se rapprochait d'elle pour sentir près de son corps la chaleur de son corps. Il pressait son bras sous le sien avec des frémissements de bonheur. Il ne la perdait pas des yeux une minute, sondant chacun de ses gestes, chacun de ses mouvements. Chaque fois qu'elle se tournait vers lui, elle voyait ses deux yeux fixés sur elle, en admiration, en extase. C'était bien un véritable amour. Elle sentait que cet homme était à elle, tout à elle, âme et chair; qu'elle pouvait faire de lui tout ce qu'elle voudrait, lui demander tous les sacrifices; qu'il serait trop heureux de lui obéir en tout, de lui plaire toujours, et elle ne put se défendre d'un sentiment d'orgueil et presque d'amour.

Dans la gare, il y avait le va-et-vient ordinaire qui précède les trains en partance. Des couples pressés, en retard; les employés roulant les bagages, bousculant tout le monde. Des appels, des bruits, des cris... Il avait fait chaud dans la journée. Des souffles brûlants passaient. La poussière du jour montait en nuages dorés, accablante, suffocante.

Tout à coup, Louis pressa le coude de Blanche.

— Raoul, dit-il...

La jeune femme tressaillit. Suivant le regard de son mari, elle aperçut un jeune officier, une petite valise à la main, donnant le bras à une femme très élégante. C'étaient Raoul et sa mère.

Blanche était devenue très pâle.

Elle dirigeait, sans rien dire, Louis d'un autre côté, mais celui-ci, avec l'obstination bête des maris, heureux de montrer sa femme à son ami, heureux de faire voir à sa femme qu'il avait parmi ses connaissances des gens du monde, s'escrimait pour attirer l'attention de Raoul.

Mais le jeune homme n'y prenait pas garde, soit qu'il l'eût aperçu déjà et voulût l'éviter, soit qu'il eût le regard fixé d'un autre côté.

L'heure du train approchait. Raoul se dirigea vers le guichet et demanda une première pour Compiègne... puis il conduisit sa mère à l'entrée de la gare, la mit en voiture, l'embrassa tendrement et rentra seul dans la salle.

Louis avait suivi tous ses mouvements et vint se jeter dans ses pas, malgré les efforts silencieux de Blanche.

— Tiens, Louis! s'écria Raoul... Tu prends ce train?

— Oui, je vais à Spa... Voyage de noces, dit précipitamment l'autre, très content...

— Ah! bah! tu es marié?

— Oui, et permets-moi...

Il fit retourner Blanche...

— Ma femme, dit-il.

— Madame, fit Raoul s'inclinant.

Les deux regards qu'ils se lancèrent!... Tout autre qu'un mari aveuglé par l'amour eût lu dans ces yeux tout ce qu'ils se disaient, mais Louis ne vit rien... Il s'inquiéta seulement de la pâleur de Blanche.

— Tu es souffrante? demanda-t-il.

— Non..., non, murmura-t-elle précipitamment.

Il la quitta pour se rapprocher de Raoul.

— Comment la trouves-tu? dit-il à voix basse, triomphant et fier.

— Charmante, parbleu! répondit Raoul légèrement.

— Tu viens de notre côté? reprit Louis tout haut.

— Je vais à Compiègne, en garnison.

— Ça se trouve à merveille, nous ferons un bout de route ensemble.

— Oh! il vaut mieux vous choisir deux bonnes places et ne pas vous inquiéter de moi. C'est si près, Compiègne! Tandis que vous en avez pour la nuit.

Sur ces entrefaites, Louise, qui s'était occupée des bagages, arriva.

Raoul en profita pour saluer les deux mariés et s'éloigner.

Louise l'avait vu... Elle avait vu le coup d'œil lancé à Blanche en saluant... Elle eut une sorte de pressentiment.

— Quel est ce jeune homme? demanda-t-elle vivement à Louis...

— C'est mon ami, Raoul de Marsac, un charmant garçon. — Je viens de lui présenter Blanche, qu'il ne connaissait pas.

Louise regarda la jeune femme, qui la regarda : deux éclairs! Puis elle eut un terrible geste des épaules.

— Et il voyage avec vous? fit-elle brusquement.

— Il va à Compiègne, en garnison...

— Ah!

Elle ne dit plus rien, mais le coup d'œil dont elle enveloppa Blanche fit tressaillir celle-ci des pieds à la tête. La jeune fille comprit que ce ne serait pas son mari qui serait le plus à craindre, si jamais elle s'écartait de ses devoirs.

La cloche du train sonnait. Il fallait passer sur le quai. Louise prit son fils à bras-le-corps, l'embrassa à plusieurs reprises, puis elle pressa Blanche dans ses bras.

— Rends-le heureux, murmura-t-elle, rends-le heureux!

— Sois tranquille, mère, répondit Louis avec une inconsciente présomption, nous ne partons pas pour nous ennuyer...

Un employé les pressa. Ils se séparèrent. Les jeunes gens passèrent dans la salle d'attente, et Louise resta seule. Quand ils furent disparus, son regard s'assombrit.

— C'est singulier, pensa-t-elle, cette rencontre... Le ciel se plaît donc à réunir ce que l'homme sépare ?

Elle rentra chez elle à pied, l'esprit agité de sinistres pressentiments...

Le train était parti. Les maisons éclairées, les lumières, disparaissaient une à une, rapides, comme des ombres... Les wagons s'engouffraient dans la nuit en serpentant, avec des mugissements de vapeur et un bruit sonore des roues de fonte sur le fer des rails.

Louis et Blanche étaient en face l'un de l'autre. Ils ne parlaient pas... La tête à la portière, ils suivaient le cours de leur pensée errante, qui allait se dissipant comme la fumée dans les ténèbres, le cœur serré de cette émotion dont ne peuvent se défendre, au départ, les personnes peu habituées à voyager.

Il y avait dans le compartiment deux autres voyageurs, silencieux comme eux, enfoncés dans leur coin.

Raoul avait pris place sans doute dans un

autre wagon, car ils ne l'avaient pas aperçu sur le quai...

Saint-Denis passa rapidement, puis Chantilly, Creil. On arriva à Compiègne.

Ce nom de Compiègne, crié dans la nuit par l'employé du chemin de fer, fit dresser la tête à Blanche.

— C'est là que Raoul s'arrête, dit Louis qui semblait répondre à sa pensée.

Il se pencha à la portière. Le jeune homme était déjà sur le quai.

— Au revoir, Raoul, cria le fils de Louise.

Raoul se rapprocha.

— Au revoir, dit-il, et bon voyage!

Il ôta respectueusement son képi et, s'adressant à Blanche :

— Je vous présente, madame, tous mes respects.

Cette voix chanta à l'oreille de Blanche comme une musique. Son œil étincela sous son voile et elle se renfonça dans le wagon pour cacher son émotion...

Le jeune officier s'éloigna à pas pressés. On vit un instant miroiter l'étincelle que mit sur son épaulette d'or la lumière des becs de gaz, puis sa silhouette disparut dans la nuit...

Le train se remit en marche, avec les arbres noirs dansant aux portières, les poteaux du télégraphe dressés droit, semblables à de grands bras tendus.

Il faisait une soirée d'été, chaude et nuageuse... Une épaisse poussière filtrait dans les wagons fortement secoués...

— Raoul reste en garnison à Compiègne, dit à Blanche Louis, qui avait la rage de parler à sa femme de son ami, comme si celle-ci n'y pensait pas assez déjà.

— Ah! fit Blanche, indifférente.

— C'est une garnison fort agréable... On peut venir à Paris toutes les semaines... Il faut des protections pour l'obtenir, mais le père de Raoul est puissant.

Blanche ne répondit pas, et la conversation tomba.

— Il fait lourd ce soir, reprit Louis un moment après... Le temps est orageux... Nous aurons de la pluie en arrivant... C'est égal, tu verras comme c'est agréable, Spa. Des promenades ravissantes. Il fait bon de quitter Paris de temps en temps... Cela remet... L'air y est si malsain, surtout l'été...

Le pauvre mari faisait de vains efforts pour tirer sa femme de ses réflexions et de son silence. La rencontre de Raoul avait changé toutes les idées de Blanche et lui avait gâté tout le plaisir qu'elle se promettait de ce voyage, qui devait l'éloigner de cet amour funeste... Pourquoi s'était-il trouvé là, justement, ce soir-là?

C'était donc la fatalité qui le jetait ainsi sur ses pas? Il avait été très convenable, très correct. Pas un mot qui ne fût marqué au coin du bon goût, mais c'était le feu de ses regards qu'il n'avait pas pu éteindre! le tremblement de sa voix qu'il n'avait pas pu dissimuler! Et elle, comment avait-elle pu cacher à son mari tous ses frissons, toutes ses émotions? Comment ne s'était-il pas douté de quelque chose quand elle s'appuyait sur lui, s'accrochant à son bras pour ne pas tomber, pendant qu'il leur parlait dans la salle de la gare? Comment n'avait-il pas deviné son trouble? La mère l'avait bien vu, elle. Rien ne lui avait échappé. Blanche sentait le regard qu'elle lui avait lancé peser sur elle et la suivre dans le wagon.

Les mots contenus dans le billet reçu le soir des noces dansaient devant elle, en lettres de feu... « On vous a sacrifiée... Mais je ne vous oublie ni ne vous abandonne. » Quelle vie de tortures lui promettait cette poursuite enragée, surtout si le hasard se mettait contre elle, comme ce soir?... Pourrait-elle le fuir toujours? Aurait-elle cette force et ce courage, toutes les fibres de son cœur et de son corps allant à lui, comme la limaille de fer attirée par un aimant puissant, dès qu'elle l'apercevait.

Telles étaient les idées qui agitaient la jeune femme, pendant que son mari essayait de la distraire en lui énumérant à l'avance les beautés de Spa et de ses environs.

On arriva à la frontière. Il fallut descendre pour faire visiter les bagages. Il lui tendit la main, et elle se laissa tomber sur son épaule, à demi endormie, frissonnante du frais de la nuit.

Rien n'est plus désagréable, pour le voyageur qui va de France en Belgique, que cette visite de la douane, qui coupe en deux votre voyage. On est obligé de descendre des wagons, tout ensommeillé, tout en sueur. Le froid vous glace. Dans une longue pièce, sur une sorte de comptoir grossier, il faut étaler ses bagages, ouvrir sa valise, dénouer ses paquets. L'employé passe, regarde, marque à la craie l'objet examiné, puis vous entrez dans une salle où des couverts sommaires sont dressés. Des tranches de jambon, des sandwichs toutes préparées, des poulets froids coupés en deux ou en quatre, du café chaud ou froid, de la bière... tel est l'approvisionnement ordinaire. Dans le fond, sur une large étagère surmontée du buste du roi Léopold, en plâtre, on aperçoit alignées des bouteilles de toutes les couleurs et de toutes les formes. On reste là quinze minutes environ, au milieu de gens qui mangent hâtivement, gloutonnement. C'est mortel...

Louis et Blanche n'ayant pas faim, s'étaient mis près de la porte, leurs bagages devant eux, et attendaient. Dehors, des gouttes de pluie très larges commençaient à tomber. Un vent froid s'était levé. On n'aurait pas d'orage. L'orage s'était porté ailleurs. On entendait le bruit de l'eau tombant sur le vitrage et le frissonnement des arbres au loin.

Enfin la porte s'ouvrit. Chacun se précipita. Louis prit le bras de Blanche. En arrivant dans le wagon il eut un mouvement de joie. Ses compagnons avaient enlevé leurs bagages. Ils restaient à la frontière ou bien ils avaient changé de compartiment. Ils allaient être seuls. Les employés circulaient sur la voie, faisant monter les voyageurs; les portières des wagons claquaient... La vapeur s'échappa avec des mugissements bruyants; la fumée monta en soufflant, par saccades; un coup de sifflet aigu, perçant, résonna sous la toiture de verre, puis le train s'ébranla.

Ils partaient... Ils étaient seuls. Louis prit la main de Blanche et la couvrit de baisers... Le voyage continua ainsi, la main dans la main, au milieu des protestations d'amour... Comme Blanche aurait été heureuse si Louis avait été Raoul! Elle ne se défendait pas, pourtant, n'en ayant plus le droit. Elle s'abandonnait...

Le train dévorait l'espace, plus rapide, semblant vouloir rattraper le temps qu'il avait perdu. Des colonnes de feu, d'un rouge vif, puis des maisons tout enflammées apparaissaient çà et là dans la nuit. C'étaient les hauts fourneaux dont cette partie de la Belgique est pleine. Des ombres noires s'agitaient dans les lueurs de la fournaise, semblables à des démons. On entendait au loin les bruits de marteaux tombant en cadence.

On traversa une grande ville. C'était Liège. Le jour paraissait. Les deux voyageurs entrevirent des maisons de briques rouges, alignées le long des rues tirées au cordeau ; de chaque côté de l'avenue, des peupliers maigres dont les feuilles frissonnaient. C'était un tout autre aspect que les villes françaises. Cela n'avait ni la même symétrie, ni la même couleur. Une rectitude froide, banale, uniforme. La pluie avait cessé de tomber et avait nettoyé le ciel. Les nuages s'étaient dissipés; un jour clair se levait dans l'azur.

Au fur et à mesure que l'on s'éloignait de Liège, l'aspect du pays changeait. De chaque côté de la voie s'élevaient des collines de verdure, profondes, sentant la fraîcheur, pittoresquement étagées, puis on traversait de larges prairies couvertes d'une herbe touffue, abondante, malgré la saison, d'un vert très foncé, coupées par des ruisseaux aux eaux sombres. La terre, qui apparaissait à nu, était d'un rouge fauve, presque noir, assez semblable à la terre de Sienne brûlée. Elle avait, sous le soleil, des reflets métalliques. Le minerai abondait partout, du reste. La voie sur laquelle passait le train avait été pavée avec des débris de forges. Elle serpentait devant les voyageurs, comme un large ruban de deuil. Ce n'était plus le jaune riant des routes de France.

La physionomie toute spéciale de ce paysage captivait vivement l'attention de Louis et de Blanche, qui n'avaient pas encore quitté leur pays, et dont l'esprit était plein de ses campagnes frissonnantes de verdures claires, à travers lesquelles s'allongeaient des rivières d'argent et des chemins d'or...

L'aspect resta le même, allant toujours en s'accentuant, jusqu'à Pepinster, où l'on s'arrêta. Il était cinq heures. Il fallait descendre et attendre le train de Spa, qui passait à six heures.

Blanche était comme ragaillardie. Plus elle s'éloignait de Paris et de Raoul, plus elle se sentait tranquille et légère. La joie du voyage, la curiosité de voir un pays nouveau l'aiguillonnaient. Il lui semblait aussi qu'elle laissait un grand remords derrière elle.

Elle proposa à son mari de se promener en attendant, pour voir Pepinster. Il lui prit le bras et ils descendirent radieux et légers vers la petite ville encore endormie. Toutes les maisons étaient closes, et pourtant, dans les rues, des files d'ouvriers, vêtus de blouses d'une couleur uniforme, montaient vers la gare, se rendant aux usines. Ils marchaient en silence, graves, mornes... Quelle différence avec les ouvriers bruyants de Paris !...

Dans le bas de la ville, ils restèrent un instant en contemplation devant une nappe d'eau tombant en cascade, encaissée sous des arbres tout baignés de l'humidité de la nuit. Des chants de rossignol emplissaient la grande sonorité de ce bosquet. C'était délicieux.

Quand ils remontèrent, les volets des maisons commençaient à s'ouvrir. Des têtes ensommeillées se montraient, regardant avec un certain étonnement ces étrangers si matinals...

Puis le train de Spa partit, marchant lentetement, gravement, faisant des détours, traversant des tunnels, la voie encaissée dans de hautes collines fendues en deux, avec des bouquets de pins au sommet, dont les feuilles raides, pointues comme des aiguillons, tamisaient les rayons jaunes du soleil levant. Il y avait sur la terre aride, couleur d'ardoise, des touffes de bruyère ou de serpolet, roses ou violettes. Un calme profond partout, et une grande fraicheur. Peu d'habitants. Quelques fermes blanches seulement dans les endroits plats, avec leurs animaux couchés dans une herbe qui les couvrait presque. Et partout des filets d'eau et des cascades...

Puis les maisons devinrent plus nombreuses. Des villas se montrèrent sur le flanc des coteaux, entourées de jardins fleuris, avec des grilles dorées... Tout cela frais, élégant et riche. Des montagnes de verdure fermaient l'horizon au loin, comme les flots d'une mer verte. Le train siffla. C'était Spa.

III

Je ne me trompe pas, c'est elle! disait un jeune homme, habit noir, cravate blanche, gardénia à la boutonnière, occupé à lorgner attentivement, de l'orchestre des Variétés, une loge de côté dans laquelle se trouvaient une femme et trois hommes.

— Qui elle? demanda un de ses amis, debout à côté de lui, promenant aussi sa lorgnette des loges aux baignoires et des baignoires au balcon.

— La seule femme que j'aie sérieusement aimée, répondit le premier.

— Ah! oui! fit l'autre, l'ancienne ouvrière de ta mère... Où est-elle donc?

— Là-bas, à gauche.

— Diable! murmura-t-il avec un claquement des lèvres, comme s'il goûtait du vin exquis, elle n'est pas mal.

— N'est-ce pas ?

— N'est-elle pas mariée ?

— Si, il y a deux ans déjà... Son mari est ce brun pâle, que tu vois debout dans le fond de la loge...

— Il a bien tort de se tenir debout.

— Pourquoi ?...

— Parce que son front va percer la cloison.

Raoul, car c'était lui, sourit.

— S'il n'a au front que celles que je lui aurai fait porter, dit-il, cela ne le gênera guère.

— Ta parole ? fit Leloup de Tanneran, l'ami de Raoul.

— Ma parole... Je ne l'ai pas vue depuis le lendemain de son mariage, où je l'ai rencontrée par hasard à la gare du Nord avec son mari... Ils partaient en voyage. Moi j'allais à Compiègne... Je ne suis pas resté là longtemps, comme tu sais. J'ai été envoyé dans le Midi et je ne suis venu à Paris que rarement depuis et seulement pendant quelques jours. Je n'ai pas entendu parler d'elle.

Il continait à examiner la jeune femme.

— Elle est encore plus appétissante qu'elle n'était alors, ajouta-t-il... Elle a un peu engraissé. Vois-moi donc ces yeux. Elle a des yeux adorables !

— Quelle jolie maîtresse cela aurait fait ! murmura Leloup de Tanneran.

— Malheureusement, dit Raoul, on me l'a enlevée à mon nez et à ma barbe, légalement, c'est vrai, au moment où ça commençait à chauffer. Depuis j'ai eu bien des femmes, soit dans mes trous de garnison, soit à Paris, où on s'accorde à dire que j'entretiens une des plus jolies femmes à la mode...

— Delphine ?... C'est certainement une de celles qui ont le plus de montant.

—Eh ! bien, tu me croiras si tu veux, je n'ai jamais retrouvé auprès d'elles les émotions que faisait naître en moi la vue seule de cette petite.

— C'était le premier amour...

— Peut-être... Puis elle avait un charme particulier... un parfum de candeur et d'honnêteté...

— Enfin, tu en es encore fou? conclut de Tanneran... Je préviendrai Delphine.

Raoul haussa les épaules.

Ce dialogue avait lieu aux Variétés, un soir de première, pendant un entr'acte. La salle était bondée... La pièce, qui était de Millaud et d'Hennequin, avec Judic pour étoile, se dessinait comme un succès. Le premier acte venait de finir au milieu d'applaudissements unanimes. Il y avait un rôle de gommeux, joué par Lassouche, qui avait enlevé la salle, pleine de cette agréable variété de l'espèce parisienne...

Le second acte allait commencer... Raoul et son ami se rassirent, mais Raoul eut plutôt les yeux sur la loge de gauche que sur la scène...

Il n'y avait plus alors dans la loge que Blanche Robert et son mari. Les deux autres étaient partis.

De temps en temps, la salle se tordait sous un mot risqué, secouée par un accès de fou rire.

— C'est très drôle, criait bruyamment Leloup de Tanneran... Ce Baron est impayable.

— Qu'est-ce qu'il a dit? demandait Raoul.

Son ami éclatait de rire.

— Il a dit qu'elle était charmante et qu'elle t'aimait toujours...

Judic entama des couplets qui furent bissés et trissés, au milieu d'un enthousiasme indescriptible... Raoul n'entendait rien... Il attendait avec impatience que l'acte fût fini...

Dès que la toile tomba, il quitta sa place.

— Veux-tu que je t'accompagne? demanda de Tanneran en riant.

— Je vais serrer la main d'un ami et je reviens, répondit Raoul...

Il enjamba avec hâte les fauteuils d'orchestre.

La porte de la loge était ouverte...

— Tiens, Raoul, s'écria Louis; tu es donc à Paris?

Il se pencha dans la loge.

— Blanche, dit-il à sa femme, Raoul...

Blanche se retourna, pâle, tressaillante. Son mari n'avait pas besoin de la prévenir. Elle savait depuis longtemps, elle, qu'il était au théâtre; elle l'avait vu la lorgner. Elle sentait ses pas quand il montait, et elle tremblait à l'idée de sa visite, qu'elle redoutait...

Raoul la salua cérémonieusement...

— Il y a longtemps qu'on ne s'était vu, dit Louis...

— Pas depuis la gare du Nord...

— Le jour de notre départ pour Spa. Quel ravissant voyage, n'est-ce pas, Blanche?

— Charmant...

— Et tu n'es plus à Compiègne?

— J'y suis resté un mois seulement... Nous avons changé avec le ministre de la guerre.

— Et maintenant?

— Je suis en garnison à Tours.

— C'est tout près de Paris.

— Oui, ce n'est pas trop loin. J'y puis venir souvent.

— Du reste, il paraît que tu ne t'ennuies pas, mon gaillard.

Raoul rougit.

— Ah! on peut dire cela devant ma femme... Elle la connaît... Je la lui ai montrée.

— Delphine ? dit Raoul stupéfait. Vous savez !

— Qui ne le sait pas ?... Elle aura du talent...

— Dans tous le cas, elle est très bien ; M. de Marsac a très bon goût, fit Blanche avec une pointe d'ironie...

L'entr'acte s'avançait. Louis regarda à sa montre.

— Il faut que j'aille faire un tour au journal, dit-il à Blanche... Je reviendrai te prendre à la fin de l'acte.

Puis, se tournant vers Raoul :

— Tu serais bien aimable, ajouta-t-il, si tu n'as personne, de tenir compagnie à ma femme pendant ce troisième acte. Mes amis ne reviendront plus. Ils ont du travail à finir.

Avant que Blanche ait pu dire un mot et Raoul balbutier une excuse, il avait fermé la porte de la loge et disparu.

Raoul et Blanche restèrent tous les deux, embarrassés. Heureusement le lever du rideau fit diversion. Le troisième acte commença. La jeune femme affecta de regarder la scène, mais son cœur battait violemment; Raoul n'était pas moins ému qu'elle... La brusquerie avec laquelle ils avaient été jetés l'un à l'autre, par une sorte de fatalité incroyable, les avait complètement décontenancés.

Raoul ne pouvait cependant pas laisser échapper la circonstance inespérée qui s'offrait de reprendre le cœur de Blanche, d'autant plus qu'il trouvait la jeune femme embellie encore et plus ravissante que jamais... Son regard était devenu plus profond avec le dessous des yeux légèrement cerné. L'embonpoint qu'elle avait pris avait augmenté la finesse satinée de la peau. Elle avait une mise simple, mais élégante, la mise d'une bourgeoise aisée et qui a du goût. Ses cheveux frisaient toujours, mais leurs boucles, autrefois indomptées, avaient été assouplies par le peigne et formaient à la figure un cadre naturel et charmant. La tenue aussi s'était modifiée; elle était simple et gracieuse, comme celle d'une femme habituée au monde... car Blanche n'avait plus travaillé depuis son mariage, et Louis avait obtenu à son journal une position stable, assez bien rétribuée.

Raoul se rapprocha d'elle.

— Blanche, murmura-t-il d'une voix mouillée, à peine perceptible...

A cet appel, la jeune femme sursauta. Ses yeux rencontrèrent ceux du jeune homme fixés sur elle, embrasés et brûlants, et un frémissement parcourut tout son corps...

— Êtes-vous heureuse? acheva l'officier à demi-voix.

Heureuse? Pourquoi lui demandait-il cela?

— Pourquoi pas? répondit-elle brusquement... Et vous?

— Moi? dit Raoul, toujours de sa voix douce, je sens plus que jamais que j'ai perdu le bonheur en vous perdant.

Blanche leva sur le jeune homme des yeux humectés de larmes...

— Monsieur de Marsac, dit-elle, vous feriez mieux de vous éloigner que de me parler ainsi...

— M'éloigner? et comment expliquerez-vous mon départ à votre mari?

— C'est vrai, restez! Mais, je vous en prie,

laissez-moi écouter la pièce. Elle est très amusante.

— Le troisième acte ? Toujours la même chose dans ces pièces-là.

... Je ne sais pourquoi on en fait...

Il ajouta, ses lèvres à l'oreille de la jeune femme :

— Vous n'êtes pas heureuse, Blanche...

— Qu'en savez-vous ?... répondit-elle, tressaillant.

— Je le sais parce que je ne le suis pas moi-même.

— Ce ne sont cependant pas les sujets de distraction qui vous manquent.

— Delphine ?... s'écria Raoul en riant.

Blanche ne répondit pas.

— Je n'aime pas Delphine, ajouta le jeune homme.

— Oh ! vous pouvez l'aimer ; je n'en suis pas jalouse, riposta Blanche, affectant l'indifférence, mais il y avait, dans le ton de ses paroles, une nuance de dépit qui n'échappa pas à Raoul.

— La petite bête n'est pas morte, murmura-t-il en lui-même.

— Votre mari vous aime toujours? demanda-t-il ensuite.

— Il m'adore...

— Et votre charmante belle-mère?...

Le sourcil de Blanche se fronça. Il y eut dans son regard de la colère, de la haine et de la douleur tout à la fois.

— Elle n'était pas commode autrefois, m'a dit Mlle Julie.

Ce nom de Julie rappela à Blanche tout le passé, ses dix-huit ans, les après-midi ensoleillées dans la lingerie de l'hôtel de Marsac, avec les arbres se balançant devant la fenêtre ouverte, le chant des oiseaux, et, par-dessus tout, la pensée de Raoul, dont elle guettait les pas sur le parquet sonore. Comme elle était heureuse alors! sincèrement heureuse! Pourquoi cela avait-il fini si vite?

Une grande mélancolie s'emparait de l'âme de la jeune femme.

— Elle m'a dit aussi, Mlle Julie, poursuivit

Raoul, que vous m'aimiez et que vous m'aimeriez toujours...

— Mlle Julie ne pouvait pas dire ce qu'elle ne savait pas, riposta Blanche, vivement.

— Vous le lui aviez dit vous-même...

— Ce n'est pas à Mlle Julie que je faisais mes confidences.

— Et à moi, ne me l'avez-vous pas dit?...

— C'était vrai, alors...

— Et maintenant?

— Maintenant j'aime mon mari.

— Comme j'aime Delphine, répondit ironiquement Raoul.

— Vous vous trompez, se hâta d'ajouter Blanche, je l'aime sincèrement comme je dois l'aimer.

— Quand l'amour est un devoir, dit le jeune homme, ce n'est plus de l'amour.

Blanche fit un geste d'impatience.

— Vous m'empêchez d'entendre.

— Pourquoi votre mari vous a-t-il laissée seule pendant cet acte?

— Il avait besoin d'aller au journal. Il est secrétaire de la rédaction.

— Il travaille le soir!

— Une partie de la nuit... jusqu'à trois heures du matin...

— C'est agréable!..

— Il faut bien gagner sa vie...

— Et vous l'attendez?

— Quelquefois...

— Il ne rentrera donc pas avec vous tout à l'heure?

— Non, il me met en voiture, puis il retourne à son journal...

— Il gagne beaucoup d'argent?

— Nous vivons très bien, très largement.

— Vous ne travaillez donc plus?

— Pas depuis mon mariage.

— Et à quoi passez-vous votre temps?

— Nous allons partout où il y a des fêtes. Il a des billets... C'est très agréable... Puis il y a le théâtre, les *premières*...

— Vous ne vous ennuyez pas?

— Du tout.

— Je suis très heureux de l'apprendre... Et vous n'avez jamais de regrets?...

— Quels regrets?

— Dame! que sais-je, moi?... Des regrets du passé... J'en ai quelquefois.

— Jamais.

— Vous êtes une femme forte, vous.

Oh! oui, forte, elle l'était. S'il avait pu mettre la main sur sa poitrine pendant qu'il lui parlait, il aurait senti son cœur bondir et battre la chamade à briser ses parois. Il aurait senti son sein haleter, sous une émotion qui la tuait. Quels efforts elle faisait pour paraître calme, pour conserver dans ses réponses la froideur qu'elle voulait laisser voir!

L'acte finissait. La salle croulait sous les bravos. Tout le monde, debout, demandait le nom des auteurs.

Blanche regardait la porte d'un air inquiet. Louis ne venait pas. Allait-il la laisser seule? Déjà Raoul s'était offert de l'accompagner jusqu'à sa voiture... Elle avait refusé. La salle commençait à se vider. Rien. Louis ne paraissait pas. Blanche était nerveuse, irritée. Il serait donc toujours maladroit? Il voulait donc décidément la jeter dans les bras de Raoul? Le jeune homme l'aidait à mettre son manteau. Ses doigts effleuraient son cou. Ce contact la brûla.

Enfin, la porte s'ouvrit. Louis parut, essoufflé...

— Le troisième acte a été plus court que je ne pensais, fit-il. J'ai failli être en retard. Vous ne vous êtes pas ennuyés ?

— Du tout, dit Raoul, j'ai passé une heure délicieuse. La pièce est amusante, et elle m'a paru doublement spirituelle, écoutée en compagnie de madame...

— Et toi, Blanche ? demanda le mari.

— Moi non plus, répondit-elle d'un ton sec.

Louis la regarda sans comprendre.

Raoul prit congé et s'éloigna.

IV

Tout le monde était presque sorti des Variétés, quand Louis apparut sur le perron, sa femme au bras. Celle-ci avait jeté sur sa tête une mantille de dentelles blanches, sous laquelle étincelaient ses grand yeux bleus et les boucles d'or de ses cheveux. Sous le léger manteau qui la couvrait, on devinait sa taille ronde et souple. Ils s'arrêtèrent un instant sur les dernières marches, comme pour chercher du regard l'endroit où ils trouveraient une voiture.

Derrière eux, l'obscurité se faisait dans le théâtre dont les employés fermaient les portes. Les terrasses des cafés des Variétés et de Suéde, de chaque côté, étaient encombrées de consommateurs. Les garçons circulaient à grands pas entre les tables, ahuris par la chaleur et par la fatigue. Le trottoir était plein de groupes animés causant et discutant. Sur la chaussée, un encombrement de voitures de maîtres et de fiacres ; des coups de fouet, des injures de cocher à cocher, un de ces tumultes indescriptibles qui suivent, le soir d'une première, la fermeture d'un théâtre en vogue. De l'autre côté de la chaussée, toute une ligne de cafés éclairés, dans laquelle on sentait grouiller aussi une foule compacte...

On était vers la fin d'avril. La journée avait été chaude, la soirée douce, et chacun était descendu sur les boulevards pour profiter des premiers beaux jours. Les arbres bruissaient, couverts d'une verdure tendre, cette verdure tout battant neuf qu'on ne leur voit qu'au printemps, la poussière de l'été venant promptement la souiller et la brûler. La fraîcheur des arbres du boulevard ne dure guère qu'un mois. L'automne arrive pour eux, dès que leurs feuilles sont poussées, aussi se hâte-t-on de les admirer. Ce soir-là, leur frondaison était dans tout son éclat. Les feuilles miroitaient au loin dans la lumière, agitées par un vent léger...

Louis et sa femme se frayèrent avec peine un passage jusqu'à la rue Vivienne et attendirent une voiture. Ils étaient à peine arrêtés qu'un cocher leur proposa de les emmener. C'était son quartier. Louis fit monter Blanche, l'embrassa, puis resta un instant sur le trottoir, suivant le fiacre du regard. Il ne tarda pas à le perdre à travers le fouillis de lanternes multicolores qui scintillaient sur la chaussée. Il s'éloigna alors et retourna à son journal.

La jeune femme, restée seule, réfléchit aux incidents de la soirée, à son entretien avec Raoul.

Le jeune homme savait donc qu'elle n'était pas heureuse? Cela se voyait-il sur sa figure, ou cela était-il public? C'était la première parole qu'il lui avait dite. Il n'avait pas cessé de l'aimer ! Ses autres amours n'étaient que des caprices qu'il était prêt à sacrifier sur un mot d'elle !

Deux ans s'étaient écoulés, et il pensait

encore à elle, et elle voyait bien dans ses regards que c'était sérieux, qu'il l'aimait toujours, et plus que jamais. On lui avait donc menti en lui disant, quand elle était jeune fille, que Raoul était frivole, léger ; qu'il l'abandonnerait et se moquerait d'elle au bout de six mois ? Et qui lui avait dit cela ? Mlle Julie et la mère de Louis. La mère de Louis, elle savait maintenant dans quel but, mais Mlle Julie, quel intérêt ? Elle s'était laissé prendre à leur belles paroles. On avait abusé de son ignorance. Pourquoi Raoul ne l'aurait-il pas épousée, après tout, plus tard, quand il aurait été libre ? Elle l'aurait attendu, et cette attente eût été si douce ! Avec patience elle eût compté les heures, l'esprit tout plein de lui !

Oh ! comme elle regrettait la facilité avec laquelle elle s'était laissé prendre aux tirades mélodramatiques de la *Mère !* Elle l'appelait la *Mère*, maintenant. Parce que la *Mère* avait été séduite et abandonnée, était-ce une raison pour que toutes les filles fussent séduites et abandonnées ? On l'avait quittée parce qu'on ne l'aimait pas, mais elle, elle était aimée, elle en était sûre. Elle l'aurait tant aimé, son Raoul, qu'il n'aurait pas pu vivre loin de la chaleur de ses caresses!...

Si l'amour de Raoul était de la force du sien, quelle puissance aurait pu éloigner le jeune homme d'elle? Elle le sentait bien à son cœur qu'elle eût tout sacrifié, elle, pour lui, fortune, position, honneur, si elle avait été en mesure de lui faire hommage de tout cela. N'était-elle pas prête à lui donner jusqu'à la dernière goutte de son sang? Pourquoi n'aurait-il pas eu les mêmes sentiments à son égard?

Elle ne l'avait pas perdu de vue une minute, malgré son éloignement. Elle savait, étape par étape, où il allait. Les journaux parlaient souvent de lui, car il faisait partie de la jeunesse élégante. Il avait une maîtresse choisie dans le demi-monde, moitié artiste, moitié cocotte, dont la beauté était célèbre. Comme elle avait souffert, quand elle l'avait appris! Mais elle s'était fait une raison. Ne fallait-il pas qu'il s'amusât? Quand elle se trouvait avec cette femme au théâtre, elle ne la quittait pas des yeux de toute la représentation. Elle détaillait chacune des beautés de sa physionomie, les comparant à ses beautés à elle, et souvent elle se donnait l'avantage. Il y avait quelquefois, chez sa rivale, une pâleur, une fatigue, une ride, des traits tirés, une rudesse de peau qu'elle ne se connaissait pas, et alors elle était heureuse, heureuse comme une folle! il lui venait des accès de gaieté qui inquiétaient Louis. Elle cherchait, pendant les entr'actes, le voisinage de cette femme. Il lui semblait qu'autour d'elle rayonnait quelque chose de Raoul...

Raoul avait eu, pendant l'hiver, un duel qui avait fait du bruit. Avec quelle attention, avec quelles transes elle en avait suivi les péripéties! On ne savait pas bien ce qui avait motivé ce duel. Les journaux étaient muets là-dessus. Histoire de femme, disait-on à mots couverts... C'était une femme dont on ne prononçait pas le nom, une femme mariée dont on aurait mal parlé devant lui. Elle s'imagina un moment que c'était elle. L'imagination des femmes amoureuses est si extravagante! Raoul avait presque tué son adversaire. On le disait très fort. Comme elle avait applaudi à sa victoire!

Cependant la voiture allait lentement, heurtée par d'autres voitures, zigzaguant, ayant peine à se frayer un passage. Elle était encore sur le boulevard. Où allait-elle donc ?

Blanche se pencha à la portière.

— Mais, cocher, cria-t-elle, vous vous trompez !... ce n'est pas la rue des Martyrs.

Le cocher ne répondit pas et s'arrêta.

Au même instant, l'autre portière s'ouvrit... Un homme entra.

Elle retint un cri de frayeur, prêt à s'échapper.

— C'est moi, dit vivement Raoul, ne criez pas ! j'ai à vous parler...

Elle se défendit; elle ne pouvait pas; c'était impossible. Elle allait descendre s'il ne descendait pas. Elle voulut faire arrêter la voiture... Mais la voiture, sortie des encombrements des théâtres, allait maintenant d'un pas rapide. Le cocher n'entendit pas ses appels. Il s'en allait du côté des Champs-Élysées.

— Accordez-moi cinq minutes, suppliait Raoul; je n'ai que quelques mots à vous dire !... Je pars demain. C'est peut-être la dernière fois que je vous vois...

— C'est une trahison, un piège infâme, criait Blanche, se débattant, non, non !...

— Il n'y a ni trahison, ni piège... Je vous ai aperçue par hasard, quand la voiture était arrêtée.

— Épargnez-moi ! murmura la jeune femme éperdue.

— Non, non ! Je te veux ! hurlait Raoul avec une sorte de rage... On t'a enlevée à moi, à moi que tu aimais et qui t'aimais. Tant pis pour ceux qui ont commis ce crime !

— De grâce ! répétait la pauvre femme...

— Je sais tout ce qui s'est passé... C'est sa mère qui a tout fait. Elle a sacrifié à son fils ton bonheur et le mien. Que son fils souffre donc comme j'ai souffert moi-même !...

— Vous avez souffert ? demanda Blanche.

— Tu me demandes si j'ai souffert ! Penser que tu allais appartenir à un autre ! Qu'une autre bouche que la mienne couvrirait de baisers ces beaux yeux si doux, aspirerait ce souffle qui me brûle !

Et, en disant ces mots, il la dévorait de caresses ardentes.

Blanche éperdue ne résistait plus.

— C'est bien vrai que vous m'aimez? murmura-t-elle défaillante.

— Si je t'aime !

— Vous m'auriez épousée ?

— Je n'aurais jamais eu d'autre femme que toi, je te le jure !...

Les promesses ne lui coûtaient plus maintenant.

— Comme ils m'ont trompée ! sanglota Blanche.

— Mais nous pouvons être heureux encore, riposta Raoul, si tu le veux...

— Oh ! c'est impossible ! J'ai mes devoirs !... Si l'on venait à savoir !... Non, non ! laissez-moi !...

— Qui le saurait ?... répétait Raoul.

Blanche fit dans la voiture quelques mouvements désordonnés.

Mais le cocher semblait sourd. Il n'entendait pas ou ne voulait pas entendre.

Elle voulut crier.

Raoul recueillit ses cris dans un baiser...

Elle s'affaissa, pâmée, sans force. Le sang bourdonnait à ses tempes... Il lui semblait que tout vacillait autour d'elle, comme si elle était en état d'ivresse. Elle ne voyait plus rien que des ténèbres. Elle n'entendait plus qu'un grondement sourd à ses oreilles. La voiture semblait avoir pris une allure fantastique, l'emportant à travers des choses sombres. Au milieu de cet effondrement, de cette angoisse, une grande douceur, une langueur dans tout le corps qui la faisait mourir.

— Raoul, Raoul, murmurait-elle sourdement, je suis perdue !

Le fiacre continuait à rouler. Les becs de gaz disparaissaient un à un, dansant aux portières comme des feux follets.

. . . .

Il était près de deux heures quand la voiture la déposa devant sa maison, rue des Martyrs.

Raoul était descendu près de l'église Notre-Dame-de-Lorette.

Quand elle se trouva seule dans la rue, à sa porte, prête à sonner, sa faute lui apparut dans toute son énormité. Elle n'osait pas rentrer... Ses jambes, chancelantes, avaient de la peine à la porter... Un immense désespoir l'envahissait... De grosses larmes étaient venues à ses yeux, et roulaient sur ses joues, brûlantes comme des charbons ardents. Elle sentait, à la chaleur de son front, de quelle rougeur devait être son visage. Oh! si quelqu'un la voyait dans cet état! Si son mari l'apercevait! Ne lirait-on pas tout sur sa figure?... Raoul avait été impitoyable. S'il l'avait réellement aimée, aurait-il voulu la mettre dans cette peine?... Elle se maudissait elle-même et demandait au ciel de la faire mourir puisqu'il n'y avait plus de remède maintenant, que tout était fini...

Pendant qu'elle était ainsi affaissée, s'appuyant au mur, elle entendit des pas derrière elle. Elle eut peur, saisit rapidement le bouton de la sonnette et le tira vivement. Un grand carillon retentit... La sonnette lui parut avoir un autre son que d'ordinaire. Son tintement résonna lugubrement dans son crâne...

La porte s'ouvrit avec un bruit sec. Elle entra, honteuse, frôlant les murs du couloir...

Si Louise était là, l'attendant ?... Un grand frisson de terreur parcourut tout son corps à cette pensée. Elle n'osait pas monter.

— Qui va là ?... demanda une voix rude, ensommeillée.

Elle tressaillit, effrayée, et répondit tout bas, avec la faiblesse d'un souffle :

— C'est moi !
— Qui, vous ?
— Madame Robert !...

Oh ! ce nom qu'elle fut obligée de dire ! Comme il lui déchira le gosier en passant ! Madame Robert ! madame Robert, seule, à cette heure !

L'homme qui lui parlait avait sans doute remarqué l'altération de sa voix, car il demanda :

— Êtes-vous souffrante, madame Robert ?
— Non, non, dit-elle précipitamment...

Souffrante ? Pourquoi cet homme lui demandait-il si elle était souffrante ?

Elle se remit un peu. C'était bête de se laisser aller ainsi. Il fallait se hâter avant l'arrivée de Louis... Elle aurait le temps de se déshabiller, de se coucher, de dormir. Dormir! si elle pouvait dormir! Elle éviterait ainsi ses questions. Le sommeil cacherait sa honte.

Il lui semblait que, le lendemain, elle serait plus forte. Il y aurait, derrière sa faute, douze heures d'oubli.

Elle monta rapidement les trois étages.

Arrivée sur le palier, un grand froid s'empara d'elle. Elle faillit tomber à la renverse.

Une lueur filtrait sous la porte... La mère n'était pas couchée. Elle l'attendait...

V

Aussitôt après son mariage, à son retour de Spa, Louis avait obtenu à son journal une position plus lucrative. On avait remarqué sa bonne volonté, sa régularité, son assiduité au travail. Il était toujours arrivé au bureau le premier et en sortait le dernier.

Quand le secrétaire de la rédaction fut obligé de quitter son emploi pour cause de maladie, on lui offrit de le remplacer. Il accepta avec empressement. L'*aléa* des lignes était changé en appointements fixes, six cents francs par mois, sans compter les articles qu'il pouvait faire. C'était superbe, mais le travail était dur. Il fallait passer la moitié des nuits, rentrer à trois heures du matin, au plus tôt...

On fut obligé d'abandonner le boulevard des Batignolles et de se rapprocher du centre. Le ménage vint s'installer rue des Martyrs, dans un appartement presque élégant, situé au quatrième étage.

Louise n'avait pas quitté ceux qu'elle appelait ses enfants, mais pour elle il n'y avait en réalité qu'un enfant, son fils. Elle veillait sur son bonheur avec un soin jaloux, pleine d'attention, de prévenances, choisissant pour lui tout ce qui était beau et bon, sans s'inquiéter de Blanche et sans se douter que celle-ci pouvait concevoir, de ces préférences trop visibles, quelque jalousie.

Mais Blanche n'était pas jalouse. Elle laissait faire. La surveillance de la mère, qu'elle sentait toujours peser sur elle, inquiète, défiante, ne la gênait même pas. Elle n'avait rien à cacher. Elle acceptait avec résignation l'espèce d'effacement dans lequel elle était mise à côté de son mari. Dire qu'elle aimait Louis, par exemple, ce serait trop s'avancer! Elle ne lui avait pas pardonné son mariage et ne le lui pardonnerait jamais. D'un caractère doux, détestant les querelles et les disputes, elle avait fait le sacrifice de son bonheur, et elle subissait tout en silence...

Louis avait toujours pour elle une sorte d'adoration béate, qui était un nouveau supplice ; mais elle était devenue d'une telle indifférence qu'il ne s'apercevait même pas qu'elle ne l'aimait pas. Elle se prêtait à tous ses caprices avec la même bonne volonté, ne résistant jamais, et il croyait que c'était dans son tempérament d'être nonchalante. Ils n'avaient pas d'enfant.

Ils coulaient tous les trois des jours heureux, unis et calmes, mais c'était un de ces calmes plats sous lesquels couvent les tempêtes...

Blanche n'avait jamais mesuré la grandeur de la haine qu'elle avait contre la mère. Elle n'avait jamais senti de quelle lourdeur devait peser sur elle cette sorte d'inquisition qu'elle exerçait en faveur de son fils.

Cela lui apparut nettement dans la minute qu'elle passa sur le carré sans oser ouvrir sa porte après s'être aperçue que la mère ne dormait pas.

Maintenant qu'elle se sentait coupable, qu'elle était reprise tout entière par son premier amour, que n'aurait-elle pas donné pour se débarrasser à jamais de ce mari dont chaque caresse allait devenir un soufflet ; de cette mère dont le regard méfiant la faisait tressaillir par avance de terreur dans toutes ses moelles ! Quelle terrible existence se préparait pour elle !

Elle se demanda un instant si elle n'allait pas descendre précipitamment et s'enfuir, mais où irait-elle à cette heure ? Qu'importait ?.... Pourvu qu'elle fût loin de cette maison qui lu semblait maintenant si odieuse ?

Elle hésitait ; elle mettait son pied sur la première marche, quand la porte s'ouvrit.

La lumière de la lampe que Louise tenait à la main tomba en plein sur son visage...

Elle tressaillit et s'enveloppa vivement dans ses dentelles pour cacher sa rougeur...

— C'est toi, Blanche ? dit la mère... Il m'avait semblé entendre du bruit à la porte... Comme tu reviens tard !... Que s'est-il donc passé ?... N'as-tu pas ta clef que tu n'ouvrais pas ?

— Je la cherchais... je ne pouvais pas la trouver.

— Et Louis ?

— Il est au journal.

— Tu sais qu'il est deux heures ?

— Je le sais...

— La pièce a fini si tard ?

— Non.

— Louis t'a retenue ?

— Non... ce n'est pas cela...

Elle ne savait plus ce qu'elle disait...

— Qu'est-ce donc ? Un accident ?

— Oui... un accident... le cocher... la voiture accrochée... J'en suis encore tout émue...

— En effet, tu es toute troublée...

Elles étaient rentrées toutes les deux et Louise la regardait fixement, avec des yeux clairs qui semblaient vouloir lire dans les siens et qui la faisaient rougir et pâlir tout à la fois...

— Je suis fatiguée, dit-elle pour se débarrasser de ces questions qui la gênaient, de ce regard inquisiteur qui la faisait trembler.

Elle voulut passer dans sa chambre.

— Tu n'attends pas Louis ?

— Non.

— Il ne va pas tarder à rentrer maintenant.

A peine avait-elle dit ces mots qu'on entendit la sonnette résonner en bas.

— Le voici, dit la mère.

Blanche s'était enfuie.

— Que s'est-il donc passé ? murmura Louise ; elle a un air singulier, ce soir.

Quand Louis rentra, elle alla au-devant de lui.

— A quelle heure as-tu quitté ta femme ?

— Après la pièce, à minuit... pourquoi ?

— Elle vient de rentrer...

— Comment ? balbutia Louis...

Blanche apparut sur le seuil de la chambre à coucher, pâle, nerveuse, en corset, les cheveux dénoués...

— Oui, j'ai dit à ta mère, cria-t-elle, qu'il m'était arrivé un accident. Je ne sais pas ce qu'elle trouve là de si extraordinaire... Elle me fait des questions ! Cela arrive pourtant tous les jours que des voitures se heurtent...

La voix était saccadée. On y sentait une sourde irritation...

— Un accident? murmura Louis... Tu es blessée?

— Non... la voiture en a accroché une autre, au coin de la rue Drouot. Les cochers se sont disputés. Il a fallu aller chez le commissaire, attendre...

— Pourquoi n'as-tu pas pris une autre voiture?

— Je n'y ai pas songé... puis le cocher était parti... Je ne l'ai vu qu'après, pour le payer...

— Enfin, puisque tu n'as rien... c'est un petit malheur.

Il regarda sa mère qui était restée silencieuse, les sourcils froncés...

— Qu'as-tu donc? lui dit-il... Vous vous êtes disputées?...

— Non, mais tu feras bien, ajouta-t-elle à demi-voix, de surveiller ta femme... Je lui trouve un drôle d'air ce soir...

Il haussa les épaules.

— Toujours la même, murmura-t-il... Tu te

forges des chimères, pauvre mère... Allons, bonsoir, et dors tranquille!

Louise se retira...

Quand Louis entra dans sa chambre, il trouva sa femme en proie à une vive agitation... Tous ses nerfs vibraient sous le coup d'une violente colère, à grand'peine contenue...

— Tu sais, cria-t-elle, les dents serrées, que ta mère commence par devenir insupportable?

— Quoi? Qu'y a-t-il donc? fit Louis, éperdu.

— Il faudra que tu choisisses entre elle et moi.

— Comment cela? Que t'a-t-elle fait?

— Ce qu'elle m'a fait? Comment? tu me le demandes?

— Mais oui... j'arrive... je ne sais pas.

— Et ce que tu as entendu ne te suffit pas?...

— Je n'ai rien entendu.

— Tu ne vois donc pas qu'elle ne croit pas à ce que je lui ai raconté? A l'accident. Et si elle n'y croit pas... que croit-elle donc?

— Que veux-tu qu'elle croie?

— Est-ce que je sais, moi ? Tu n'as pas saisi son air ironique ? Tu n'as pas vu ses regards en dessous ?

— Du tout... Tu t'abuses, Blanche.

— Non, non ; je sais ce que je dis... mais toi, tu ne vois rien...

Échevelée, en chemise, elle arpentait la chambre d'un pas agité...

Louis, affolé, faisait de vains efforts pour la calmer...

— Oh ! oui, murmurait-elle, il faudra que tu choisisses entre elle et moi...

Elle s'était jetée sur un canapé et sanglotait bruyamment.

Elle pleurait. Était-ce de honte ? C'était de honte et de colère tout à la fois. La vue de Louise, à son entrée, ses airs de doute, l'avaient irritée. Elle voyait combien il lui serait difficile de lui cacher quelque chose, à celle-là. Si elle revoyait Raoul, et elle voulait le revoir maintenant, comment ferait-elle pour échapper à cette surveillance si clairvoyante ? De son mari elle ne s'inquiétait pas. Il lui suffirait, quand elle redouterait des questions embarrassantes, de prendre l'avance, comme ce soir, de l'ahurir par une scène imprévue. Mais c'était la Mère ; il fallait se débarrasser de la Mère à tout prix.

Louis se déshabillait lentement, les yeux gros de larmes. Il sentait une vie de luttes et de difficultés entre sa mère et sa femme, et il avait besoin de toute sa tranquillité, de tout son calme pour son travail...

— Tu ne te couches pas ? dit-il à Blanche, d'une voix timide.

Elle releva la tête, les yeux rouges, humides, les cheveux pendants...

— Je me coucherai quand tu m'auras accordé ce que je te demande...

— Quoi donc ?

— Le départ de ta mère...

— Tu es folle... Cela se calmera... Tu étais mal disposée, ce soir.

— Je ne suis pas folle... Crois-tu donc, parce que je ne dis rien, que j'en pense moins pour cela ? Crois-tu que je ne souffre pas ? Elle ne te gêne pas, toi, elle t'adore ; mais moi, elle me déteste.

Louis fit un geste pour protester.

— C'est toujours à toi qu'elle donne raison dans nos querelles. Moi, je ne suis rien ici. Je n'ai le droit de rien préférer. On trouve à redire à tout ce que je fais. Si tu m'offres une toilette, c'est toujours trop beau, trop cher, tandis que rien n'est trop coûteux pour toi...

— Voyons, Blanche, je t'en prie...

— Non, non, je n'ai pas fini... J'en ai assez, je te dis; j'en ai assez... Je ne sais même pas comment elle supporte que tu m'aimes... Je ne suis pas la maîtresse de la maison, moi ta femme... J'ai l'air d'une étrangère ou d'une parente que l'on tolère... Et puis, parce que je rentre tard, parce que je manque d'être écrasée, madame se permet d'avoir des doutes, de me regarder d'un air soupçonneux. Que pense-t-elle donc? Croit-elle que tout le monde?...

— Blanche, je t'en supplie...

Il essayait de l'arrêter, mais c'était comme une écluse qui vient de se briser. Toutes les mauvaises pensées amassées depuis longtemps s'échappaient à la fois. Tous les sentiments de jalousie et de haine, refoulés jusqu'ici, débordaient... Cela dura jusqu'au jour.

Louis promit solennellement qu'à la moindre parole malsonnante de sa mère, ils se sépareraient...

A cette condition, Blanche se calma et s'endormit.

Le lendemain, pendant le déjeuner, une grande gêne régna. Louis était triste, Blanche nerveuse, la mère sombre, ne perdant pas sa bru du regard. Pour dire quelque chose, Louis parla de la pièce. Il en fit l'analyse et la critique, cita les mots drôles... Tous les journaux du matin étaient d'accord. C'était un succès...

— Devine, mère, dit-il tout à coup, qui nous avons vu hier au théâtre ?...

Blanche fit un mouvement.

— Comment veux-tu que je devine ? répondit Louise.

— Raoul de Marsac... Il y avait deux ans que je ne l'avais rencontré. Il est venu dans la loge me serrer la main...

Blanche avait senti une rougeur chaude envahir son visage. La tête dans son assiette, elle mangeait fébrilement pour se donner une contenance.

Louise ne perdait aucun de ses gestes, aucune des expressions de sa physionomie.

— Il est resté dans la loge pendant le troisième acte avec Blanche, poursuivit Louis.

— A ce propos, dit celle-ci à son mari, pour faire tomber les soupçons de la Mère, je te prierai dorénavant de laisser tes amis à leurs fauteuils d'orchestre... J'aime mieux entendre les pièces que d'écouter leurs balivernes...

Louis se récria, très étonné. C'était pour elle, ce qu'il en avait fait. S'il avait su que cela la contrariait!...

La Mère ne disait rien, et Blanche sentait des menaces dans sa tenue rigide.

La conversation tomba, on continua à manger dans un silence embarrassé...

Louis avait un rendez-vous. Il prit précipitamment son café et s'en alla...

Quand les deux femmes furent seules, la Mère regarda fixement Blanche.

— Tu l'as revu? dit-elle brusquement.
— Qui?
— Lui...
— M. de Marsac?... Votre fils vous l'a dit...
— Tu l'as revu après la représentation.
— Après la représentation? s'écria Blanche avec un geste d'étonnement et d'indignation fort bien joué.
— Oui, c'est pour cela que tu es rentrée si tard...

Blanche se cabra. Que voulait-elle dire?
— Ce que je veux dire, tu le sais bien, fit la Mère... On ne me prend pas, moi, comme mon fils, avec des histoires de voitures accrochées.

La jeune femme s'indigna. Elle offrit de prouver ce qu'elle avait dit. Le poste était tout près. Elle n'avait qu'à interroger les agents... C'était odieux, ces soupçons. Elle avait bien eu raison de dire à son fils cette nuit que la vie n'était plus possible; qu'il faudrait se séparer.

La Mère bondit sur ce mot.

— Nous séparer? clama-t-elle. Tu m'enlèverais mon fils?

— Il faudra qu'il choisisse entre nous deux, déclara nettement Blanche.

La Mère était hors d'elle, les lèvres pâles, les dents serrées. Cette pensée qu'elle pourrait être un jour éloignée de son fils l'avait remplie d'une rage de fauve, de fauve à qui on enlève ses petits.

Elle marcha sur Blanche, menaçante, la main levée presque.

— Je te gêne, dit-elle... J'y vois trop clair... Je ne suis pas aveuglée par l'amour comme lui. Quand on a eu un accident, on ne reste pas devant sa porte, la rougeur au front, sans oser rentrer. On accourt vivement, on raconte ce qui s'est passé... Ce n'est plus la même émotion. Cette excuse, c'est moi qui l'ai trouvée... J'ai parlé d'accident la première, et tu t'es jetée là-dessus précipitamment, gloutonnement, incapable de forger une histoire toi-même. Alors tu as brodé des détails... Un fiacre accroché, au coin de la rue Drouot...

Blanche ne répondait pas... Debout, d'une pâleur livide, elle faisait de vains efforts pour se contenir. La Mère avait tout deviné, tout lu dans ses regards... C'est cela surtout qui l'enrageait... Les paroles de Louise, débordantes d'ironie, la cinglaient comme des lanières.

Elle fit un mouvement...

— Eh bien, oui, s'écria-t-elle, je l'ai vu!...

— Malheureuse! clama la Mère...

— Vous pouvez le dire à votre fils...

— Tu sais bien, misérable, que je ne le **dirai** pas! Ce serait le tuer!

En voyant la douleur poignante de la Mère, Blanche eut un mouvement de satisfaction. Elle se vengeait... Alors elle raconta tout, fiévreusement, heureuse de tourner et de retourner le poignard dans la plaie béante qu'elle avait faite.

— Oui, dit-elle, il m'a suivie; il m'a rappelé le passé, et nous nous sommes attardés à ce souvenir...

— Sais-tu que Louis t'aurait tuée, s'il t'avait vue?

— Eh! que m'importe! cria Blanche avec un mouvement de dédain... Cela vaudrait mieux... Je ne tiens pas à la vie... Pour ce qu'elle offre d'agrément...

— Si Louis apprenait! gémissait la Mère... Grand Dieu! Grand Dieu!...

Elle fit un violent effort sur elle-même.

— Tu le reverras? balbutia-t-elle.

— Je ne sais pas ce que je ferai, riposta durement la jeune femme.

La Mère ne vit plus que la douleur de son fils, son bonheur brisé.

— Blanche, ma petite Blanche, c'est toi qui me parles ainsi; toi que j'aimais comme ma fille; toi que j'ai élevée...

— Que voulez-vous? répondit brusquement la jeune femme, c'est votre faute. Vous saviez bien, vous, que je l'aimais et que je n'aimais pas votre fils.

— Oui, c'est vrai, j'ai eu tort. Ce n'est pas la première fois que je m'en repens... Mais, dis-moi que tu ne le reverras plus...

— Eh! peut-on promettre quelque chose? répondit Blanche avec amertume. Je ne pensais plus à lui... C'est votre fils qui est venu le jeter dans mes bras!...

— Mon fils, oui, il ne sait pas... On ne peut

cependant pas lui dire, éveiller ses soupçons...
Il serait si malheureux !...

— Du reste, dit Blanche, M. de Marsac n'est plus à Paris. Il a dû partir ce matin... Vous pouvez donc dormir tranquille...

Là-dessus, elle s'éloigna. Louise resta seule. Elle ne croyait pas Blanche coupable, mais elle redoutait de voir renouer cette ancienne liaison. Elle savait combien sont dangereuses ces vieilles amours qui se réveillent, et elle tremblait pour l'avenir de son fils. Le départ de M. de Marsac, que lui annonçait Blanche, ne la rassurait qu'à demi. Elle résolut de faire bonne garde. Il fallait bien veiller pour Louis, puisque Louis n'était pas effleuré même par l'ombre d'un soupçon...

Blanche s'était retirée dans sa chambre. La scène qui venait de se passer l'avait violemment agitée. Elle sentait dans tous ses membres un grand tremblement, comme si elle avait eu la fièvre. Elle voyait bien qu'avec sa liaison, c'était la tranquillité de toute sa vie qu'elle perdait. En serait-elle récompensée, seulement? Raoul ne l'abandonnerait-il pas après quelques mois de plaisir ? Elle sacrifierait à sa passion, non seulement son bonheur, mais le bonheur de Louis et de sa mère.

Sa tante l'avait élevée, après tout ; elle avait été très bonne pour elle ; elle lui avait servi de mère, et Louis l'aimait tant ! Il avait tant de douceur et tant de prévenances ! Pourquoi avait-elle revu Raoul ? Elle regrettait sa rencontre. Elle redoutait de le revoir... Elle se promettait d'être forte ; elle en prenait la résolution énergique, mais tout en se faisant cette promesse, elle sentait au fond de son cœur, tout au fond, que s'il se présentait tout à coup devant elle, elle tomberait à ses genoux, soumise, docile, sans volonté, sans courage...

Pour rentrer à Tours, Raoul avait pris le train du matin. Blanche lui appartenait. Il lui semblait qu'il avait fait un doux rêve... C'était une matinée d'avril, radieuse. Les prés et les arbres se couvraient d'une verdure tendre. Un azur éclatant, avec quelques petits nuages floconneux au milieu desquels il voyait flotter l'image de Blanche. Jamais il ne s'était senti si dispos et si heureux... Le souvenir de Louis, de son ancien camarade, qu'il avait si indignement trompé, venait bien par instants jeter quelque amertume au milieu de son contentement, mais il se disait qu'après tout il valait autant que ce fût lui qui profitât des bonnes dispositions de Blanche qu'un autre. La jeune femme n'aimait pas son mari. Elle devait donc forcément le tromper. Il s'était trouvé là à point nommé. Tant mieux pour lui! Il se consolait avec cette philosophie facile. Si tout se découvrait, il était homme à répondre à Louis. C'était lui que l'on avait trahi le premier, puisqu'on lui avait enlevé une jeune fille qui l'aimait. Cette liaison devait se renouer; c'était fatal. Il ne fallait qu'une occasion, et c'était le mari lui-même qui l'avait fait naître.

Tout en pensant ainsi, il regardait par la portière les champs bariolés disparaitre, semblables à des tapis d'Orient, les maisons blanches s'enfuir, et l'image de Blanche grandir, grandir à l'horizon, dans le levant rayonnant... La rosée étincelait sur l'herbe comme de la poussière de diamant... Les oiseaux piaillaient à gorge déployée... Les nids se bâtissaient sur les arbres. Les pommiers passaient avec leurs têtes blanches, semblables à des amas de neige, les pêchers avec leur floraison lie de vin... Tout était gai, plein de chansons... C'était la fête du printemps et de l'amour...

Raoul pensait à revoir Blanche. Quand la reverrait-il?

— Ainsi madame ne prendra pas encore de leçon aujourd'hui ?

— Non, monsieur Rosellen.

Rosellen fit un geste de dépit.

— Encore un cachet flambé ! murmura-t-il...

Ces paroles étaient prononcées dans le salon d'un hôtel de l'avenue de Madrid, très riche, en forme de serre, rempli de statuettes, de bibelots et de fleurs rares, encombré de poufs, de canapés et de causeuses en soie éclatante, en tapisserie ou en velours, avec une avalanche de franges et de nœuds, de dorures et de cristaux...

Les deux interlocuteurs étaient une femme de chambre, Mlle Virginia, grosse personne crevant de santé, en train de remuer nonchalamment quelques menus objets qu'elle avait l'air d'épousseter, et un pauvre diable de répétiteur panné, usé, famélique, doué de longs membres secs, emmanchés dans des vêtements étriqués en drap pisseux.

Des livres et de la musique à côté de lui, il attendait...

Mlle Virginia l'avait fait entrer dans le salon pour lui tenir compagnie et causer un peu avec elle...

Il était onze heures du matin. Dans les autres pièces de la maison tout semblait dormir encore.

A l'exclamation de l'infortuné coureur de leçons, la femme de chambre s'était retournée.

— Vous dites ? fit-elle.

— Je dis que voilà encore un cachet flambé.

— Cela vous contrarie ?

— Dame !

— Je croyais que vous étiez placé ?

— Je suis souffleur aux Délassements, fit Rosellen, mais comme le théâtre n'ouvre que huit jours par an.

Virginia éclata de rire.

— Ce n'est pas une position bien lucrative.

— D'autant, ajouta l'homme toujours tranquille, que lorsqu'il ouvre il ne paye pas.

Du coup la domestique s'étouffa.

— Est-il drôle, ce M. Rosellen !... J'ai bien fait de vous faire entrer. On s'ennuie à mort ici, quand vous n'êtes pas là.

— Qu'est-ce qu'elle fait donc en ce moment, Delphine, qu'on ne peut pas mettre la main sur elle?

— Ma maîtresse? Est-ce que je sais? Elle est toute désorientée... Tenez, elle est sortie encore ce matin à neuf heures.

— A neuf heures? s'écria Rosellen avec surprise...

— A neuf heures. Où est-elle allée? Le diable seul le sait...

Elle ajouta à voix basse :

— Entre nous, je crois que M. Raoul...

— Eh bien !... écouta Rosellen, mystérieux.

— Eh! bien, je crois que M. Raoul a des amours d'un autre côté...

— Ah! bah! que m'apprenez-vous là?...

— La vérité. Oh! je m'y connais. Il n'est plus empressé comme autrefois... Les cadeaux se font rares. Il n'écrit plus. Quand il vient à Paris, il passe à peine deux heures à la maison, et affairé, préoccupé, ne tenant pas en place... Ça sent le lâchage à plein nez.

— En voilà une nouvelle! Lui qui, il y a deux mois à peine...

— C'est comme cela. Et on dit que les femmes sont légères! murmura la grosse femme avec un énorme soupir.

— Oh! pas vous, se récria Rosellen.

Virginia ne saisit pas la plaisanterie.

— Vous comprenez, reprit-elle, si, au milieu de tout cela, madame peut être à vous et à vos leçons...

— Et ces dames se plaignent ensuite de ne pas arriver!... dit mélancoliquement le répétiteur.

La femme de chambre sourit.

— Croyez-vous vraiment qu'elle arriverait?...

— En travaillant beaucoup...

— Beaucoup?

— Oh! beaucoup, une dizaine d'années, ajouta Rosellen en éclatant de rire...

— Mais elle serait trop vieille pour jouer! s'écria Virginia...

— C'est précisément là le malheur des jeunes filles qui se destinent à l'art dramatique, conclut le répétiteur de son air tranquille, légèrement ironique, et qui n'ont pas de dons naturels : elles vieillissent avant d'avoir du talent.

— Ainsi Delphine?... demanda Virginia en pouffant de rire.

— Une dinde, une vraie petite dinde, au point de vue dramatique s'entend.

Ils se tordaient tous les deux...

Un coup de sonnette violent, aigu, ébranla le salon et fit cesser instantanément les rires du répétiteur et de la femme de chambre...

— La voilà, dit Virginia, elle est rentrée... Ça s'entend...

Rosellen se leva, ramassa ses livres, ses partitions, et allait sortir. La femme de chambre se disposait à se rendre à l'appel de la sonnette, quand la porte s'ouvrit brusquement.

Delphine fit une entrée dramatique, une

entrée de théâtre qu'elle avait répétée sans doute.

— Où es-tu donc ? dit-elle à sa femme de sa chambre. Je te cherche partout.

— J'étais ici, madame; j'arrangeais le salon.

- Madame aperçut Rosellen.

— Ah! pas pour ce matin, dit-elle. Vous savez, je n'ai pas la tête à ça...

— C'est ce que mademoiselle m'a dit... fit-il. Faut-il revenir demain ?

— Oui, demain.

Il s'inclina et sortit.

Delphine était une femme d'une taille assez élevée, souple et mince, très brune, avec des yeux superbes. Un léger duvet estompait sa lèvre et y mettait comme une ombre qui amincissait encore les lèvres et donnait à la physionomie un air dur et sévère. Un ovale régulier, un nez droit, elle avait quelque chose de ces déesses d'Athènes dont la sculpture nous a conservé l'harmonieuse image. Elle le savait, et c'est ce.qui l'avait décidée à étudier l'art dramatique. Elle avait joué quelquefois, sans grand succès ; mais à la ville, elle affectionnait les poses théâtrales. Elle prenait des gestes amples pour demander une tasse de thé.

On lui avait dit qu'elle avait le mouvement scénique, et elle le prodiguait, ce mouvement scénique. Elle avait dû, pour tirer le cordon de la sonnette qui avait interrompu si brusquement la conversation de Rosellen et de Virginia, saisir une attitude de souveraine asiatique, la tête droite, le regard en avant, le bras s'allongeant tout d'une pièce. Elle se figurait toujours avoir les planches de la scène sous les pieds et être chaussée de cothurnes. Chez elle, elle avait des robes de chambre en forme de peplums, en laine blanche, avec des bandes droites de goût antique pour bordures...

Quand Rosellen fut parti, elle se laissa tomber mélancoliquement sur un canapé...

— Eh bien ! fit-elle, ça y est !

— Quoi ?... demanda Virginia.

— Raoul a une maîtresse !

Elle leva au ciel des bras solennels.

— Madame est-elle bien sûre ?...

— Sûre comme il est sûr que nous sommes ici toutes les deux...

« C'est une femme mariée, une Mme Robert... dont j'ai l'adresse. Je viens de l'agence... »

— Quelle agence? demanda Virginia.

— L'agence de renseignements... Tu ne connais pas ça... la Sécurité des familles. Pour un louis, on sait tout ce que l'on veut. Ça m'en a coûté dix, mais j'en ai eu pour mon argent... Tu sais qu'avant hier il est venu à Paris?

— Oui, madame...

— Il m'avait dit qu'il prenait le train de neuf heures et il est parti d'ici à huit heures.

— Oui...

— Eh bien, il n'est pas parti. A onze heures on l'a vu à la gare d'Orléans... Qu'avait-il fait?... C'est ce que l'agence m'a appris... Il avait un rendez-vous, dans un hôtel, près de la gare du Nord, avec la femme dont je te parle. Comprends-tu ça?

Elle dressa la tête, l'œil flamboyant, le geste raide.

— Madame lui fait l'honneur d'être jalouse? dit dédaigneusement la femme de chambre.

Delphine bondit.

— Jalouse? Ah! Dieu non! — Elle ne l'était pas... Mais c'est ma position que je défends, reprit-elle... S'il en aime une autre, il va me lâcher, et s'il me lâche...

Elle promena autour d'elle un regard qui voulait dire : « Adieu l'hôtel, adieu les meubles ! »

Elle se leva, le doigt en avant, comme la statue de la Menace.

— Mais je ne me laisserai pas trahir ainsi... Je me défendrai et me vengerai !...

— Que compte faire madame ?

— Ce que je compte faire ? Je vais aller chez Mme Robert et lui signifier de cesser ses rendez-vous... sinon, je préviens son mari... C'est un journaliste, lui, je le connais un peu.

— Que madame m'excuse, dit tranquillement Virginia, mais il me semble qu'elle enverra promener madame...

— M'envoyer promener? s'écria Delphine avec la pose d'une Hermione trahie... Je voudrais bien voir ça?

— On dira à madame qu'on ne sait pas ce que madame veut dire...

— Et les preuves ? je les ai là, les preuves... fit Delphine, d'un geste triomphant.

Elle sortit de sa poche un papier graisseux.

— Oh ! on ne peut pas nier ! Tout y est, l'endroit, l'heure du rendez-vous...

Elle eut un mouvement d'orgueil satisfait.

— On ne m'a pas volé mon argent !...

Virginia, qui était une femme positive, essaya de dissuader sa maîtresse. Elle lui fit entrevoir quelle serait la colère de Raoul, s'il apprenait jamais ce qui se serait passé. C'était le vrai moyen de se l'aliéner pour toujours. Puisque madame n'était pas jalouse, qu'est-ce que cela faisait à madame que M. Raoul eût une autre maîtresse ? Il ne pouvait pas faire de grands cadeaux à une femme mariée sans la compromettre...

Delphine ne voulait rien entendre. C'était une trop belle occasion de faire du drame...

Elle promit toutefois d'y mettre de la discrétion, d'aller tâter le terrain sans s'avancer, pour connaître sa rivale et voir si elle était réellement dangereuse...

Le prétexte était tout trouvé. Elle était artiste dramatique. Elle viendrait solliciter l'indulgence du journaliste. Elle se rendrait chez lui à l'heure où il devait être au journal, pour être reçue par la femme, et alors elle verrait, d'après la tournure de la conversation ; peut-être pourrait-elle glisser quelque phrase à double sens qui donnerait l'éveil et rendrait Mme Robert plus prudente.

Cette décision prise, la belle Delphine déjeuna, et elle se composa, après le déjeuner, une toilette de circonstance, une toilette sombre, de nuance sévère, pouvant devenir dramatique au besoin. Elle se coiffa d'une toque avec une tête d'aigle, signe d'audace et de force.

Cette toilette sobre lui allait à ravir. Malgré ses travers théâtraux, elle était réellement très belle. Le teint d'une pâleur aristocratique, avec des yeux noirs étincelants... Elle s'admira un instant dans la glace et fut prise d'un sentiment de légitime orgueil.

Elle jeta en imagination un regard de défi à sa rivale et quitta son boudoir capitonné de soie rose au milieu duquel elle brillait comme un diamant noir dans une couronne de rubis.

Son coupé l'attendait. Un laquais en culotte, en bas blancs, lui tendit, au bas du perron, le marchepied déplié...

— Rue des Martyrs, dit-elle.

Et elle entra dans la voiture de satin bleu foncé, où elle se mit à étudier mentalement le rôle qu'elle allait jouer et les gestes qu'elle devait faire.

VIII

Il est trois heures de l'après-midi.

Un coup de sonnette autoritaire retentit dans l'appartement de Louise Robert.

La Mère est seule. Elle fait signe à la femme de ménage d'aller ouvrir.

Celle-ci se trouve en présence d'une femme grande, richement mise, mystérieusement voilée et gantée avec soin. Elle a conservé l'attitude majestueuse qu'elle avait prise pour sonner.

— Madame Robert? dit-elle.

— C'est ici, madame.

— Elle est seule?

— Oui, madame...

— Ah! tant mieux! fait la visiteuse avec un

soupir de satisfaction qui surprend la bonne. Puis s'adressant à celle-ci :

— Veuillez lui dire, ajoute-t-elle, que Mme Delphine de Varan désire lui parler.

— Bien, madame.

La servante, intimidée par la tenue riche de Delphine, ses grandes manières, s'empresse de l'introduire dans le salon et va prévenir Mme Robert.

A l'entrée de celle-ci, Delphine ne peut maîtriser un mouvement de surprise.

Elle se lève, droite, digne...

— C'est bien à Mme Robert ? demande-t-elle...

— Oui, madame, c'est bien moi...

La jeune femme ne cherche pas à cacher sa stupéfaction.

— Il y a erreur, pense-t-elle, l'agence s'est trompée. Ce n'est pas cette femme qui peut être la maîtresse de Raoul. Elle a quarante ans au moins.

Troublée, elle perd ses attitudes, et va balbutier quelques excuses, quand Louise Robert, qui a vu son embarras et en devine la cause, s'empresse d'ajouter :

— Ce n'est peut-être pas à moi, mais à ma bru, que madame voulait parler ?

— Ah ! vous avez une bru ?

— Oui, madame.

— Qui habite ici ?

— Oui, madame.

— Et elle est jeune ?

— Elle a vingt et un ans...

— Jolie ?

— Très jolie, reprit Louise, étonnée.

— Elle a épousé M. Robert ?

— Mon fils, oui, madame.

— Un journaliste ?

— Oui, madame.

Louise Robert, stupéfaite de cet interrogatoire, se demande où la visiteuse veut en venir, et si elle n'a pas affaire à une folle.

— C'est bien cela, murmure Delphine, qui, rassurée, retrouve sa tenue de théâtre...

— C'est à ma bru que madame voulait parler ? demande Louise...

— Oui, mais il vaut peut-être mieux que ce soit vous qui m'ayez reçue...

Louise lui présente un fauteuil, de plus en plus surprise...

— Parlez, madame.

Delphine s'asseoit, arrange les plis de ses vêtements, cherche un geste de confidente de tragédie et commence en ces termes :

— Ce que j'ai à vous dire, madame, est fort délicat, mais comme vous me paraissez être une femme raisonnable, je ne prendrai pas un chemin détourné, et j'irai droit au but.

Louise fit un geste pour l'encourager, non moins étonnée de ce début que de ce qu'elle avait entendu jusqu'à présent.

La jeune artiste, après une pose de quelques secondes, qu'il lui avait fallu pour changer son attitude, poursuivit :

— Je me nomme Delphine de Varan...

Louise inclina la tête...

— Je suis artiste dramatique, mais, comme vous le savez probablement, puisque vous êtes la mère d'un écrivain, artiste aussi, le théâtre ne nourrit guère les comédiennes qui débutent... J'ai donc été obligée de subir un amant.

— Décidément, pensa Louise, c'est à une folle que j'ai affaire...

Delphine continua :

— Cet amant est un jeune homme de bonne famille, un homme du monde très riche, M. Raoul de Marsac.

A ce nom, Louise dressa l'oreille et devint très pâle...

Delphine s'aperçut de ce mouvement.

— Vous le connaissez ?...

— Non, madame... Continuez ! fit Louise, qui sentait comme un froid mortel pénétrer dans tous ses membres.

— Raoul de Marsac, reprit Delphine, a toujours été très bon pour moi, très généreux ; comprenant les artistes, il m'a donné des chevaux, des voitures, loué un hôtel...

Louise faisait des efforts inouïs pour dissimuler son impatience.

— Au but, au but, semblait-elle dire du regard.

— Je n'avais donc jamais eu qu'à me louer de lui, poursuivit Delphine, lorsque tout à coup je remarque un changement complet dans ses manières d'agir. Il était devenu indifférent à mon égard, et chicanait sur les dépenses... Il ne restait plus à la maison, comme autrefois quand il venait à Paris. Bref, il avait tout à fait l'air d'être las de moi et de vouloir me quitter. Très inquiète, vous comprenez, je cherchai à connaître le motif de ce refroidissement subit. Il devait avoir une autre maîtresse. Ce n'était pas douteux. Je résolus de le faire suivre, et j'allai dans une agence, l'agence Fridolin et Cie.

Voici la note que l'on m'a remise ce matin.

Depuis le commencement de son discours, la jeune femme attendait cette pose. Elle s'était levée, avait ramené à elle son manteau d'un geste large et elle tendit du bout des doigts un papier à Louise.

Celle-ci s'en empara fébrilement. Elle était devenue d'une pâleur livide... Ses dents claquaient.

— C'est une infamie ! murmura-t-elle, après avoir lu.

Le papier lui échappa des mains et elle se

laissa tomber sur un fauteuil, presque sans connaissance.

Quelle occasion pour Delphine ! Elle se précipita, frappa dans la main de Louise, déboucha un flacon de sels qu'elle avait sur elle. Une vraie scène du Gymnase. Elle était radieuse...

Louise fit des efforts surhumains pour retrouver son calme.

— Vous êtes sûre, madame, que ces renseignements ?...

— On n'avait aucun intérêt à me les donner inexacts... Ils m'ont coûté assez cher...

La mère, éperdue, semblait se débattre sur un abîme. Tout croulait autour d'elle. C'était fini, le bonheur de son fils. Cette catastrophe qu'elle redoutait tant, elle était là, elle la touchait du doigt. Elle ne pensa qu'à Louis, et c'est en pensant à lui qu'elle retrouva un peu d'énergie.

— Puisque vous savez, madame, je vous en supplie, que mon fils n'apprenne rien !

— Oh ! soyez tranquille, répondit l'artiste, je sais garder un secret... Ce n'est pas à lui que je voulais parler en venant ici. Je m'étais assurée même, avant d'entrer, qu'il n'était pas dans l'appartement. J'étais venue pour dire à votre bru : — Je sais tout; méfiez-vous ! cessez de lutter avec moi et ne cherchez pas à m'enlever mon amant, ou je préviendrai votre mari !...

En prononçant ces mots, elle faisait des gestes dignes.

— Vous ne feriez pas cela, balbutia Louise d'une voix étranglée.

— Non, si elle cesse ses rendez-vous.

— Je me charge, moi, de les faire cesser, affirma la mère.

— C'est bien ce que je pensais, et c'est pour cela que je vous ai parlé à cœur ouvert. Il vaut mieux même que ce soit vous que j'aie rencontrée. Entre deux rivales, il y a toujours des scènes pénibles. Mais j'ignorais que Mme Robert avait une belle-mère vivant avec elle. Ainsi c'est convenu, vous faites cesser les rendez-vous et moi je ne dis rien ?

Louise, mourante, fit un signe affirmatif.

Elle n'avait plus la force de parler. Les sons restaient dans sa gorge.

Delphine salua noblement et s'éloigna d'un pas majestueux, heureuse et fière du succès de sa négociation.

Quand Louise fut seule, toute la gravité de la situation lui apparut. Elle avait bien promis de faire cesser les rendez-vous, mais le pourrait-elle ? Comment s'y prendrait-elle ? En menaçant Blanche ? Blanche lui jetterait à la face son reproche éternel de l'avoir mariée contre son gré. Qui sait, si elle ne ferait pas un éclat, exaspérée par la passion ? Son fils apprendrait tout, et c'est surtout cela qu'elle voulait éviter, que son fils apprît tout. Oh ! que n'aurait-elle pas donné pour lui épargner cette douleur horrible, cette douleur épouvantable que lui causerait la trahison de sa femme ! Elle savait à quel point il l'aimait, lui, cette Blanche, comme il avait confiance en elle, et comme il souffrirait de savoir qu'elle l'avait trompé ! Il était capable d'en mourir de chagrin et de honte... Il irait provoquer Raoul... Ils se battraient... Il serait tué peut-être... Tué, son fils! Elle qui tressaillait à la seule pensée qu'il pourrait un jour la quitter pour aller demeurer loin d'elle, si Blanche l'exigeait! C'était même pour éviter cette séparation dont on l'avait menacée qu'elle avait laissé la jeune femme plus maîtresse de ses actions; qu'elle avait cessé de la surveiller avec tant de soin... Comme cela lui avait réussi!... Qu'allait-elle faire maintetenant? Qu'allait-elle faire?

Elle marchait à pas rapides dans le salon, avec ce terrible point d'interrogation posé devant elle. Une souffrance horrible lui torturait les entrailles. Au fond du cœur, une pensée implacable lui criait : C'est ta faute! c'est ta faute!

Parbleu! elle le savait bien que c'était sa faute... Elle le voyait bien maintenant, bien qu'elle ne voulût pas se l'avouer à elle-même. Il était inutile que sa conscience le lui criât ainsi à chaque instant. Oui, c'était sa faute. Mais c'était fait maintenant. Qu'y pouvait-elle? Chacun se trompait. Ce qui avait causé son erreur, c'était son amour aveugle pour son fils. Elle savait tout cela. Mais pouvait-elle l'arracher de son cœur, cet amour qu'elle sentait grandir encore d'année en année?

Une voix lui disait par moments que son fils en mourrait de cet amour. Oh! comme elle se cabrait sous cette menace! Est-ce qu'on meurt d'être trop aimé?

La malheureuse mère avait la tête prise comme dans un étau, le crâne serré à éclater.

Que faire? que faire? Prévenir Blanche? Elle changerait ses rendez-vous, nierait et chercherait à l'éloigner de son fils, sous un prétexte. Elle exaspérerait sa haine...

Elle résolut d'attendre, de se renseigner elle-même. C'était peut-être faux. On s'était exagéré... Elle se trouverait au rendez-vous, et, profitant de la surprise, de la terreur de Blanche, elle lui arracherait une promesse formelle, un serment solennel. Elle supplierait Raoul au besoin. Cela se passerait entre eux... On ne saurait rien...

Et s'ils résistaient?... S'ils résistaient? Eh! bien, on verrait...

Elle fit un geste farouche. Elle n'hésiterait pas à sacrifier Raoul au bonheur de son fils.

Cette décision prise, elle retrouva un peu de calme. Le ciel ne voudrait pas qu'elle fût malheureuse jusqu'au bout. Elle affecta de faire bonne figure à Blanche quand elle rentra, pour que la jeune femme n'aperçût aucun changement dans sa physionomie. Ce qu'elle voulait, c'était sauver son fils, le garder près d'elle. Que n'aurait-elle pas fait pour cela ?...

A sept heures, Louis vint dîner comme de coutume.

Il traversa le salon pour poser sur la table des livres qu'il rapportait. L'obscurité commençait à se faire dans la pièce.

Un carré de papier blanc, à terre, attira son attention, lui sauta aux yeux, pour ainsi dire.

Il se baissa, le ramassa et vint à la fenêtre pour le lire...

Voici ce qu'il lut :

« Agence Fridolin et Cie. — Renseignements. — Sécurité absolue. — Discrétion. — Mme Delphine de Varan, 4 *bis*, avenue de Madrid. — La nouvelle maîtresse de M. Raoul de Marsac est une femme mariée, Mme Robert, femme d'un journaliste, demeurant, 21 *bis*, rue des Martyrs. — Ils se donnent rendez-vous tous les dimanches, le soir, dans un hôtel situé près de la gare du Nord, le *Petit-Nord.* »

Louis plia le papier, le mit dans sa poche, inconscient, le cerveau vide, comme dans un cauchemar... C'était si imprévu, cette révélation !... Des lueurs dansèrent devant ses yeux, démesurément écarquillés. Il vit les meubles tourner autour de lui. Le sol sembla s'effondrer... De grandes ténèbres se firent... Son cœur se glaça et il s'abattit sur le parquet comme une masse, foudroyé.

Louise et Blanche étaient accourus au bruit. On le frictionna; on lui fit respirer des sels, du vinaigre. Il revint enfin, ouvrit les yeux, aperçut sa mère, Blanche, sembla chercher, puis tout à coup un cri d'horreur et de douleur tout à la fois s'échappa de ses lèvres... La mémoire lui était revenue...

Louise était penchée sur lui, pleurant à chaudes larmes. — Blanche semblait elle-même violemment émue.

— Qu'as-tu, mon pauvre enfant? demanda la mère, affolée...

— Rien, une indisposition, murmura Louis. C'est passé...

On le prit sous le bras pour l'entraîner dans la salle à manger. Il semblait remis. Son premier regard s'attacha sur Blanche, fixe, dur, glacial.

La jeune femme détourna les yeux, toute frissonnante de terreur... mais elle ne soupçonna pas, pas plus que la *mère*, le véritable motif de l'évanouissement de son mari.

On avait attribué la crise à la chaleur. Louis laissa dire et dissimula; il avait un plan arrêté...

IX

Le dimanche se leva tout radieux, avec du soleil et de l'azur, des frissons doux, inconscient du drame qui se préparait. Comme la journée parut longue dans l'appartement de la rue des Martyrs!... Chacun avait son secret qu'il dissimulait avec soin; Blanche, un grand bonheur, Louis et sa mère, une douleur inénarrable.

Lorsqu'on sortit de table, le soir, Louis, qui avait encore au fond du cœur un faible espoir, vit cet espoir s'envoler, quand Blanche lui dit :

— Je vais t'accompagner au bureau...

— Tu tiens beaucoup à sortir ce soir? lui demanda-t-il, d'un air étrange.

— Pourquoi cette question ? fit-elle.

— Je ne sais pas, répondit Louis, mais j'aurais préféré te voir rester ici ce soir...

— Quelle idée! murmura la jeune femme.

Louise ne perdait pas son fils de l'œil... Elle trouvait l'expression de sa physionomie singulière.

— Est-ce qu'il soupçonnerait quelque chose? pensa-t-elle.

Elle savait bien, elle, où allait Blanche. Elle avait guetté un bon mouvement de la jeune femme... Peut-être ne sortirait-elle pas...

Blanche, tout à son idée, ne voyait rien ; elle ne s'apercevait pas avec quelle attention était surveillé chacun de ses mouvements...

L'instant était solennel. C'était son avenir et sa vie qu'elle allait jouer, mais elle ne s'en doutait guère. Comme pour narguer les deux douleurs muettes qui l'entouraient, elle avait été toute la journée d'une grande gaieté, essayant vainement de dérider son mari et sa belle-mère... Malgré leurs efforts pour dissimuler le secret qui les rongeait, ceux-ci n'avaient pu partager cette joie. Chaque éclat de rire de

Blanche était une nouvelle blessure faite au cœur de Louis et de la mère.

— C'est donc parce qu'elle va le voir? pensait-il, qu'elle est si heureuse?

Et un chagrin mortel envahissait tout son être.

Quelle force morale il lui avait fallu pour ne rien laisser voir depuis trois jours qu'il avait lu ce fatal papier! Quoi! sa femme le trompait! Ces yeux si beaux et qui semblaient si purs! Cette peau si blanche! Cette physionomie si candide! Tout cela cachait la trahison, la perfidie, le mensonge!

Il n'y pouvait pas croire! La nuit, il s'agitait dans de sombres cauchemars. Non! non, répétait-il dans son sommeil, ce n'est pas possible, ce n'est pas vrai. Il se réveillait tout en sueur, se relevait, et, à la lueur de la veilleuse, il regardait sa femme qui dormait à côté de lui, paisible et souriante comme un enfant.

Il lui prenait alors de sombres envies de la saisir par le cou et de l'étrangler. Au moins, elle ne serait pas à l'autre. Elle ne serait plus à personne... Pour échapper à cette obsession, il se rejetait brusquement sur son oreiller qu'il mordait en sanglotant :

— Ce n'est pas vrai! ce n'est pas vrai!

Un point était resté obscur dans son cerveau. Comment ce papier qu'il avait trouvé était-il dans son salon? Il voyait bien qu'il avait été adressé par la maîtresse de Raoul, mais qui l'avait apporté là? C'était donc Delphine? Elle avait donc vu sa mère ou sa femme? Il n'avait pas voulu faire de question de peur de faire connaître qu'il savait quelque chose, mais ce mystère le tourmentait.

Il tenta encore un effort pour sauver Blanche.

— Je suis bien pressé, dit-il... Je marcherai vite...

— Tu ne veux pas que je sorte avec toi? Tu ferais mieux de le dire. Je sortirai seule. J'ai besoin de prendre l'air...

Louis porta la main à son cœur, avec un geste douloureux.

— Soit donc, murmura-t-il, brusque. Prépare-toi! Nous partons tout de suite.

Il se tourna vers Louise.

— Tu restes, toi, mère ?

— Oui, répondit celle-ci.

Blanche se leva de table et passa dans sa chambre pour s'habiller.

Elle était heureuse de quitter pour quelques instants son intérieur maussade. Puis elle allait voir Raoul ! Elle sentait déjà, autour d'elle, les caresses de ses bras et de sa chair. Elle frémissait de bonheur, et une joie profonde se lisait dans ses regards.

Assis sur le canapé pendant qu'elle s'habillait, Louis voyait tout ce rayonnement. C'était donc là l'amour, le véritable amour. Il n'avait jamais vu cela, lui... Des larmes de jalousie brûlaient ses paupières. Il souffrait des tortures de damné...

Blanche allait et venait dans la chambre, vive, légère, accrochant ses bijoux, se peignant, se poudrant, se faisant belle, belle pour lui... Elle se regardait dans la glace avec un air de satisfaction profonde. Elle se trouvait jolie. Elle s'admirait. Comme il serait heureux et comme il l'aimerait !

Toutes ces pensées, Louis les lisait dans

ses yeux, et il faisait des efforts surhumains pour contenir les sanglots qui soulevaient sa poitrine.

Blanche avait mis son chapeau, un chapeau de paille de riz orné d'une couronne de bluets, qui lui allait à ravir et lui donnait l'aspect frais et parfumé d'une fleur des champs.

Jamais elle n'avait paru à son mari si charmante, avec ses grands yeux bleus comme les bluets de son chapeau, sa peau rose et fraîche, sa taille souple, ses cheveux d'or...

Il eut un moment la tentation de la prendre dans ses bras, de rester avec elle et de ne pas sortir, mais il pensa que tous ces apprêts n'étaient pas pour lui; que tout ce bonheur qui illuminait sa face s'éteindrait, et il résista...

Blanche était prête. Elle mettait ses gants. Elle se tourna vers son mari, souriante.

— Eh! bien, dit-elle, que fais-tu donc?

Louis sursauta.

— Tu es prête?

— Tu ne le vois donc pas? A quoi rêves-tu?...

— A rien...

— Tu as un drôle d'air, ce soir... Que t'a-t-on fait?

— Rien...

— Ah! ce n'est pas ici qu'il faut venir chercher la gaieté... Vous faites des mines tous les deux, ta mère et toi!

Il se leva, sans répondre, prit son chapeau, s'approcha pour l'embrasser, mais elle ne lui tendait même pas la joue, insouciante, tout à autre chose.

Il étouffa un soupir et un sanglot.

— Je te suis, dit-il.

Ils sortirent... Ils descendirent silencieusement par les rues pleines de gens endimanchés. Il y avait dehors la grosse gaieté des jours de fête, qui déborde des cafés et des boutiques de marchands de vins. Sur leurs pas, les jeunes gens se retournaient pour regarder Blanche. Louis, qui était autrefois si fier de ces marques d'admiration, voyait maintenant sa tristesse s'en augmenter encore. Il sentait que le bras qu'il avait sous le sien n'était plus à lui, s'il lui avait jamais appartenu. Il était froid, inerte, et ce n'était plus lui qui avait le sujet de s'enorgueillir de la beauté de sa femme.

Ils marchaient, sans parler, le cœur loin de l'autre.

De temps à autre seulement, un mot banal s'échappait de leurs lèvres.

— Quel beau temps !
— Que de monde !

Puis ils retombaient dans leur silence morne.

On descendit ainsi la rue des Martyrs, la rue Le Peletier; on traversa le boulevard, puis quand il fut arrivé à son bureau, elle lui serra allègrement la main.

— A ce soir, dit-elle.
— A ce soir !
— Tu rentres ?
— Tout de suite.

Il la laissa partir, le cœur serré, avec des envies folles de courir sur ses pas, de la retenir, de lui crier : « Je sais tout, malheureuse; ne va pas plus loin ! »

Il se contint encore.

— Non, non, dit-il, je ne me vengerais pas ainsi, il faut que je me venge !

Il la suivit un instant du regard...

Elle s'en allait à petits pas, soulevée, légère comme un oiseau. Il vit son chapeau jaune et bleu disparaître dans le rayonnement du gaz... Il y avait dans sa démarche comme une grande joie d'être enfin libre d'aller où bon lui semblait.

Il s'appuya un moment au mur, défaillant, puis il courut tout d'une traite sur la place des Victoires, cherchant une voiture...

Il n'y en avait pas. Il avait donc décidément tout contre lui? Ce contretemps augmenta encore sa douleur. Il piétinait sur la place avec des lueurs fauves dans le regard. Toute la colère, toute la rage qu'il avait eu tant de peine à contenir débordait...

— Les misérables! les misérables! hurlait-il en serrant les poings. Avec quelle joie elle me quitte! Et lui, un ancien camarade, me tromper ainsi! Je les tuerai tous les deux! je les tuerai!

Il mit la main sur un revolver qu'il avait dans la poche de son paletot. Il en caressa la crosse avec un mouvement d'âpre plaisir.

Un fiacre se montra enfin. Il y courut...

— Vingt francs pour vous, cria-t-il au cocher, si vous marchez vite !...

— Mon cheval est bien fatigué, mais ça ne fait rien, bourgeois. Où faut-il aller ?

— A la gare du Nord, hôtel du *Petit-Nord*...

Il sauta dans la voiture, et le cocher enveloppa sa bête de coups de fouet. Malheureusement, celle-ci était sans doute épuisée, car elle n'en marchait guère plus vite. Louis se rongeait les poings d'impatience et de rage...

X

Comme tous les dimanches, Raoul attendait Blanche au coin de la place de la Bourse, dans une voiture. Il était neuf heures. La jeune femme ne paraissait pas. Tous les magasins autour de la place étaient fermés. Les cafés seuls restaient éclairés, mais il y avait à peine quelques consommateurs assis à la terrasse. Les jours de fête, les alentours de la Bourse sont déserts. Quelques voitures passaient, ainsi que de rares piétons. Raoul, désœuvré, lisait les grandes lettres bariolées des affiches et des devantures. Il avait devant lui la rue du Quatre-Septembre, longue, large, droite, avec ses becs de gaz se perdant dans un océan d'autres lumières. Derrière lui, les arêtes vives de la Bourse, se découpant sur un azur digne des soirées grecques. Des souffles tièdes passaient dans les marronniers de la place tout en fleurs...

Raoul pensait à l'heure délicieuse qui l'attendait. De temps à autre, il allongeait la tête hors de la voiture, impatient, fébrile. Son amour pour Blanche, qu'il ne pouvait posséder que rarement, était dans ce moment à toute son apogée, dans toute son intensité. Il n'avait jamais aimé qu'elle, il le voyait bien. Il sentait à son approche ce frémissement de bonheur qui est le signe des grandes passions. Pourquoi fallait-il qu'elle fût mariée, qu'elle appartînt à un autre? Les difficultés qu'il avait pour la voir irritaient encore ses désirs. Il ne pouvait pas vivre loin d'elle. Il y songeait constamment; et là-bas, à Tours, dans les loisirs que lui laissait son service, il avait l'esprit plein de toutes les délices qu'il goûtait près d'elle, le dimanche; quand il était obligé de la quitter pour huit jours; quand il pensait que ces huit jours, elle les passerait dans les bras d'un autre, bien que cet autre fût son mari, il se sentait pris d'une amère tristesse. Il était jaloux de Louis. Il le détestait. Il maudissait la Mère surtout, qui avait fait ce mariage...

Telles étaient les pensées qui agitaient le jeune homme pendant la demi-heure qu'il passa seul, dans l'attente.

Blanche parut. Il la vit venir de loin, sous la lumière, toute frémissante, et son cœur tressaillit de joie.

Quand la jeune femme, qui regardait attentivement sur la place, cherchant des yeux la voiture, l'aperçut enfin, elle fit un mouvement et y courut d'une envolée avec des froufrous de robe derrière elle.

Raoul se précipita.

— Je commençais à désespérer, murmura-t-il.

— Il y a longtemps que vous attendez ?

— Une demi-heure, mais cette demi-heure m'a paru si longue sans vous voir, sans te voir, ma Blanche adorée !

Il voulut l'embrasser. Elle se dégagea.

— Attendez! dit-elle, tressaillant, attendez! Nous sommes trop près de lui!

Elle monta dans la voiture, toute tremblante, et Raoul vint s'asseoir près d'elle, dans le frémissement de ses jupes fraîches, et dans la senteur parfumée de son souffle.

— Allez! cria-t-il au cocher.

Le fiacre partit à fond de train...

Le jeune homme prit sa maîtresse dans ses bras et l'embrassa ardemment.

— Vous m'aimez toujours, Raoul? dit celle-ci, en tournant vers lui des regards humides.

— Si je t'aime! répondit-il... Pourquoi me demandes-tu cela?

— Parce que si tu ne m'aimais pas... si ton amour ne venait pas effacer tout ce que j'endure, je serais trop malheureuse!

— Tu es malheureuse, Blanche?

Elle ne répondit pas directement à cette question.

— Oh! cette vie que je mène, murmura-t-elle, cette vie de duplicité et de mensonge! Il me semble toujours qu'ils me regardent d'un air singulier et qu'ils savent tout. Mon mari, surtout, a une physionomie étrange depuis quelques jours. Il parle à peine, il ne mange pas.

— Il couve une maladie, répondit Raoul en riant, pour la rassurer.

— Et la Mère? reprit Blanche, elle ne me perd pas des yeux. Je me figure qu'elle lit dans mes pensées, dans mon cerveau...

Raoul haussa les épaules...

— Des chimères, murmura-t-il...

— Chimères peut-être, mais je n'ai pas un instant de tranquillité et de bonheur. Cette existence qu'elle m'a faite, en m'astreignant à ce mariage! Il y a des moments où je voudrais fuir, fuir loin de cette maison qui me devient de jour en jour plus odieuse. Je hais jusqu'aux pierres dont elle est construite. Il me semble que tout en elle me reproche ma faute. Et quand je pense que nous aurions pu être si heureux tous les deux !

— Ne le sommes-nous pas en ce moment? dit Raoul qui voulait changer le cours des pensées de sa maîtresse.

— Oh! une heure, suivie d'une semaine

de tremblements, de gène, de contrainte, de grandes terreurs et de petites tortures que tu ne soupçonnes pas. Tu ne vis pas, comme moi, auprès de gens que tu exècres, auxquels je suis obligée de faire bonne figure, et je suis coupable envers eux, je les trahis et je les trompe.

Raoul s'efforça de sourire.

— Si tu continues ainsi, dit-il, nous n'aurons même pas une heure de bonheur, car notre soirée va se passer en lamentations...

— Que veux-tu? répondit-elle, c'est plus fort que moi.

— Que te font Louis et sa mère, quand tu es dans mes bras?

— C'est vrai, tu as raison... C'est bien assez d'y penser quand je suis seule.

Raoul pressa le cocher. Le cheval allait cependant de toute la vitesse de ses jambes. Il brûlait le pavé, au risque d'accrocher les fiacres qu'il rencontrait. Les passants s'en éloignaient en murmurant, avec des injures jetées au malencontreux conducteur.

Enfin on arriva.

L'hôtel du *Petit-Nord* est un de ces petits hôtels encaissés entre les maisons qui rayonnent autour de la gare du Nord. L'aspect en est piteux, les murs d'un gris sale; la peinture des portes et des fenêtres disparaît sous une couche de poussière d'une antiquité vénérable. Derrière les vitres mal lavées, on aperçoit d'épais rideaux de damas rouge, laissant filtrer à peine une ligne pâle de lumière. L'entrée a des airs de mystère. Il donne sur deux rues, et une porte secrète est aménagée pour faire disparaître les amoureux surpris. Ce sont plutôt des maisons de rendez-vous que des hôtels. Presque tous les voyageurs qui s'y arrêtent sont des Parisiens en rupture de ménage.

Il s'y passe rarement de drames. Les surprises tournent à la comédie grâce à la complicité du patron et des garçons. Louis devait en faire bientôt l'expérience.

Quand la voiture s'arrêta, un garçon en tablier blanc, qui attendait sur le seuil de la porte, courut à la portière.

Il reconnut son client.

— La chambre de monsieur le comte est prête, dit-il.

— Toujours la même ? demanda Raoul.

— Toujours...

— Et si on venait ? ajouta le jeune homme en plaisantant.

Le garçon fit un geste significatif.

— Compris, dit-il.

Blanche était descendue, soigneusement voilée. Elle traversa le trottoir à pas rapides et entra dans l'hôtel. Quand elle passa devant le bureau, elle aperçut la patronne et deux autres femmes, les yeux écarquillés, sous les rideaux relevés, comme pour distinguer ses traits. Elle ramassa davantage ses dentelles et monta vivement l'escalier. Une sorte de crainte, qu'elle n'avait pas ressentie encore, la suivait aux talons. Cette curiosité grossière, de gens qui lui étaient cependant indifférents, l'agaça et la gêna. Elle avait hâte d'être entrée dans la chambre. Là, du moins, elle se croirait en sûreté. Elle avait peur de rencontrer quelqu'un blotti dans l'escalier. L'hôtel était cependant bien tranquille. On eût dit qu'il était inhabité, tant le silence s'y faisait profond. Le bruit de ses bottines résonnait sur les marches sonores... Raoul montait derrière elle, suivant du regard la ligne blanche de ses jupons, qui serpentait devant lui sur le bois sombre.

Le garçon avait grimpé devant pour ouvrir la porte, allumer les bougies.

Quand Blanche entra, il donnait des coups de poing aux oreillers d'un air que la jeune femme trouva ironique.

A la vue de la chambre glaciale, banale, dans laquelle elle pénétrait, son cœur se serra. Elle la connaissait bien cependant, cette chambre, avec ses tentures fanées, ses canapés de velours rouge râpé, son armoire d'acajou, la glace de la cheminée égratignée par les diamants, son tapis criard montrant çà et là des cordes lamentables dans lesquelles le pied prenait, sa pendule de similibronze, ses gravures coloriées représentant les scènes de la *Tour de Nesle* dans des cadres de bois noir, ses chaises boiteuses, son lit anémique, mais elle lui parut plus affreuse que jamais, et elle eut un frisson en embrassant du regard toute cette misère honteuse d'hôtel meublé.

Raoul avait choisi cet endroit, qu'il connaissait déjà, pour éloigner Blanche de son quartier. Il savait aussi qu'en cas d'alerte, il pouvait compter sur le personnel de la maison, — complicité qu'il n'aurait pas trouvée dans les grands hôtels.

Le garçon se retira en demandant respectueusement si M. le comte désirait quelque chose.

— Je sonnerai, répondit Raoul.

Il alla fermer la porte au verrou.

Ils étaients seuls ! Il jeta sur la pendule un regard terrifié.

— Dix heures ! murmura-t-il.

— Dix heures ! s'écria Blanche.

— Dix heures !

Il débarrassa vivement sa maîtresse des dentelles qui la voilaient et qu'il jeta pêle-mêle sur le canapé, puis il l'aida à enlever ses vêtements, couvrant de baisers ardents chaque morceau de chair blanche et frémissante qui apparaissait au cou et sur les épaules.

Il était tout entier à cette agréable occupation, quand un grand bruit dans le couloir le fit tressaillir. Blanche devint pâle comme les draps du lit.

— Qu'est cela ? murmura-t-elle.

On prêta l'oreille dans une angoisse mortelle.

C'était comme le bruit d'une bousculade enragée. Des coups de pied heurtaient les portes dans le couloir. Des voix sourdes s'entendaient, comme les voix de gens qui se disputent.

Blanche sentit tout son sang se glacer dans ses veines.

— La voix de Louis ! dit-elle.

— La voix de Louis ? fit Raoul, quelle folie !

Blanche était livide, les yeux agrandis par la terreur.

— Oui, oui, c'est lui, j'en suis sûre... malheureuse !

Elle allait et venait dans la chambre, heurtant les meubles, cherchant ses vêtements, pièce à pièce.

Raoul essayait de la calmer. C'était impossible !

Elle souffla les bougies et ils restèrent dans les ténèbres. La lueur blafarde du gaz de la rue éclairait seule la chambre, les rideaux tirés.

Ce fut une terrible alerte. Raoul lui-même, bien qu'il voulût faire le brave pour ne pas inquiéter Blanche, n'était guère rassuré. Il lui avait semblé aussi reconnaître la voix. Il ne craignait pas, parbleu ! une rencontre avec Louis. Mais il avait peur; il avait peur pour elle ; puis il avait cette peur que l'on a malgré soi quand on est coupable.

Il était aussi pâle que sa maîtresse.

Tous les mouvements que nous venons d'indiquer s'étaient faits dans l'espace d'une seconde, instantanément, pour ainsi dire.

Immobiles maintenant, l'un près de l'autre, tout tremblants, ils attendaient.

Le bruit continuait, et toujours une voix furieuse, celle que l'on reconnaissait pour la voix de Louis, dominait le tumulte.

Un coup de revolver éclata et fit résonner

tous les échos de l'hôtel. Que se passait-il donc? Personne n'avait été blessé; car on n'entendit aucune plainte, mais les pas se rapprochèrent de la chambre, et des coups de pied violents dans la porte emplirent de bruit la pièce tout entière.

Les deux amoureux se regardèrent terrifiés, dans la lueur blanche du gaz.

Blanche se serra contre Raoul.

— C'est lui, dit-elle; j'ai peur!

Raoul lui ferma la bouche de sa main.

— Pas un cri, pas un geste! fit-il.

— Ouvrez! ouvrez! hurlait derrière la porte une voix étranglée par la colère.

C'était bien la voix de Louis.

Les coups redoublaient.

— Ouvrez! mais ouvrez donc, misérables! je sais que vous êtes là!

Les gonds peu solides criaient sous l'effort.

Blanche se sentait défaillir. Elle allait tomber. Raoul la prit dans ses bras.

— Du courage! dit-il, du courage... Rien n'est perdu encore... Entrez là!

Il la porta dans un petit cabinet et lui jeta ses vêtements.

— On ne passera que sur mon corps, murmura-t-il.

Quand elle eut disparu, il se mit résolument devant la porte et attendit.

On entendait dans le corridor des râles inarticulés qui n'avaient plus rien d'humain. Ils dominaient les bruits que fait un homme se débattant, puis la porte céda sous une poussée de rage.

Raoul entrevit, dans l'entre-bâillement, Louis échevelé, fauve, les vêtements en désordre, la bouche écumante, maintenu à grand'peine par trois ou quatre garçons de l'hôtel qui lui tenaient les bras par derrière...

XI

La mère de Louis avait laissé partir son fils et sa bru sans mot dire; puis, quand ils eurent quitté l'appartement, elle passa dans sa chambre pour s'habiller. La pauvre femme avait les nerfs tendus comme des cordes de harpe. Le moindre choc nouveau les aurait brisés. Elle avait fait tant d'efforts depuis la visite de Delphine pour ne laisser rien transpirer du secret qui l'étouffait ! Elle avait évité de rester seule avec sa nièce, et quand son fils venait à elle pour l'embrasser, elle détournait la tête pour ne pas éclater en sanglots dans ses bras... Pendant le dîner silencieux qui avait précédé le départ des jeunes gens, elle avait senti comme des glaçons autour de son cœur, et quand elle avait entendu Blanche dire à son mari qu'elle descendait avec lui, tout son sang n'avait fait qu'un tour.

C'était donc vrai! Delphine était bien renseignée. Des détails lui revenaient maintenant. Tous les dimanches, Blanche était sortie ainsi pour accompagner son mari, et elle ne rentrait jamais avant onze heures, onze heures et demie quelquefois. Plusieurs fois, elle s'était demandé où elle allait, mais elle n'avait pas osé l'interroger. Elle n'avait pas osé non plus parler à son fils de l'heure à laquelle elle revenait, de peur d'une catastrophe. Elle était loin, du reste, de soupçonner l'effrayante vérité. La jeune femme pouvait s'être attardée en route avec Louis, ou bien elle était revenue lentement, pour prendre l'air. L'accuser à faux, c'était amener une séparation immédiate. Si les soupçons étaient fondés, Louis ne serait-il pas malheureux assez tôt?

Voilà ce qu'elle s'était dit, et elle avait laissé aller les choses, avec cette crainte d'un malheur pour son fils, toujours suspendu sur sa tête, comme une épée de Damoclès.

Comme elle regrettait maintenant d'avoir cédé si vite à ses sollicitations! Peut-être aurait-il à cette heure oublié Blanche, aimé une autre femme, et serait-il heureux! Car elle sentait bien qu'il ne l'était pas, heureux, depuis son mariage. Elle voyait ça dans son air, dans ses attitudes. Elle s'en apercevait à mille petits détails qui n'échappent guère aux yeux clairvoyants d'une mère, surtout quand cette mère n'a qu'une passion comme Louise, l'amour de son fils, et n'est attentive qu'à ce qui touche l'objet de cette passion!

Non, il n'était pas heureux! malgré tout ce qu'elle avait fait pour son bonheur. Il se doutait bien que Blanche ne l'aimait pas comme elle aurait dû l'aimer, et ce soupçon le minait lentement; elle le voyait bien, et chacune des souffrances de son cœur avait une vibration dans son propre cœur. Depuis quelques jours surtout, il maigrissait à vue d'œil. On aurait dit qu'il savait tout comme elle et qu'il enfouissait comme elle son tourment au fond de son âme. Elle ne pouvait pas le croire cependant. Elle ne le pensait pas capable d'avoir la force de supporter en silence un pareil chagrin.

Elle s'habilla lentement, plus morte que vive. Qu'allait-il résulter de la démarche qu'elle tentait ? Elle se faisait une raison, s'excitait à avoir du courage et procédait à sa toilette fébrilement, puis elle se laissait tomber dans son fauteuil, les bras ballants, découragée, sans force. Que dirait-elle à Blanche en la surprenant, et que répondrait celle-ci dans la honte du premier moment ? Comment prendrait-elle son espionnage ? Elle était capable de fuir avec Raoul en lui jetant des paroles de menace et de haine. Mais non ! Elle n'était pas si mauvaise. Elle ne devrait pas être tout à fait perdue encore. Elle ne serait pas impitoyable. Elle trouverait, elle, dans son cœur de mère, tant d'éloquence, que Raoul lui-même en serait touché. Blanche la remercierait de l'avoir sauvée, elle reviendrait peut-être à Louis et ils commenceraient enfin à vivre tous les trois, dans la reconnaissance de sa nièce, cette existence de douceur et de repos qu'elle avait toujours rêvée. Elle ferait voir à Blanche le danger qu'elle avait couru ; elle lui montrerait combien il était heureux qu'elle se fût trouvée là pour l'en délivrer.

Dans un grand abandon, elle lui pardonnerait tout. Elle oublierait le passé, et Blanche par gratitude consentirait enfin à aimer son Louis ou du moins à ne plus le tromper. Telles sont les illusions que se forgeait, par moments, la pauvre mère ; mais elles ne tardaient pas à faire place à une poignante inquiétude, et plus le moment d'agir approchait, plus son irrésolution devenait grande et son abattement profond. Elle était comme ces voyageurs qui ont un passage dangereux à franchir et qui ne peuvent pas se décider à faire le premier pas.

Elle sortit de chez elle cependant, et s'engagea dans les rues conduisant à la gare du Nord, d'un pas incertain et chancelant, le cœur plus serré au fur et à mesure qu'elle allait plus près du but. Elle s'imaginait que tout le monde lisait sur sa figure ses angoisses et le combat terrible qui se livrait en elle, et elle était tout étonnée de voir les gens passer à ses côtés, riant et causant dans une banalité indifférente.

Quand elle aperçut l'hôtel signalé dans la note envoyée à la maîtresse de Raoul, la pauvre mère fut prise d'une sorte de défaillance. Des gouttes de sueur froide perlaient à ses tempes. Devant la porte, il y avait un grand va-et-vient de garçons effarés. On percevait une sorte de tumulte, du bruit et des cris à l'intérieur.

Elle s'approcha ; elle interrogea. On lui répondit à peine.

Une femme lui cria d'un ton indifférent.

— Bah ! ce n'est rien. C'est un cocu qui bat sa femme !

Elle s'appuya au mur, chancelante, pour ne pas tomber, les cheveux se hérissant sur sa tête. Qu'est-ce que cette femme voulait dire ? Si c'était Louis !... Elle se rappela alors son attitude pendant le dîner, le ton dont il avait demandé à sa femme si elle l'accompagnait. Il passait dans son esprit comme des lueurs qui l'éclairaient tout à coup.

Personne ne faisait attention à elle. Elle s'engagea dans l'escalier, suivant la lumière...

Au bout du couloir, dans un tumulte d'hommes, à travers une porte brisée, elle vit un spectacle qui la fit reculer d'épouvante et la colla au mur, terrifiée...

Elle aperçut son fils, fou de rage, ensanglanté, luttant avec une énergie sauvage, et devant lui, dans la lueur rougeâtre du couloir, Raoul debout devant une porte, l'air calme et froid, l'œil menaçant.

Elle comprit tout, elle voulait courir, crier; elle n'eut pas la force de faire un mouvement, et le son de sa voix s'arrêta dans sa gorge, sèche comme du bois mort.

A la vue de Raoul, la fureur de Louis avait redoublé.

— Lâche! lâche! cria-t-il d'une voix sifflante, je te tuerai!

Il semblait chercher une arme à côté de lui.

Raoul s'avança, très calme.

— Que demandez-vous?

— Ma femme! Je veux ma femme! hurla le mari, qui essaya de nouveau d'échapper aux étreintes des garçons.

— Votre femme? répondit Raoul avec un froid dédain qui acheva d'exaspérer son rival, me l'aviez-vous donnée à garder?

— Elle est ici, je le sais ! fit le malheureux.

Puis se tournant vers ceux qui le tenaient, les yeux injectés de sang :

— Laissez-moi donc, vous autres ; laissez-moi donc ! que je le soufflette au moins... que j'imprime sur sa face toute la honte qu'il mérite !...

Il fit un nouvel effort qui le jeta presque à terre, avec des gouttes de sueur sur tout le corps.

Raoul était devenu livide de colère.

— Je vous tuerai, vous !... je vous tuerai ! cria-t-il.

Il lui lança son gant au visage, et disparut dans le cabinet. Blanche n'y était plus. Raoul ne trouva que le patron de l'hôtel.

— Elle est partie, monsieur le comte, dit celui-ci d'un air de mystère. Si monsieur le comte veut me suivre.

Il lui montra une petite porte dérobée par laquelle il était venu délivrer Blanche.

Raoul n'avait plus personne à protéger. Il suivit l'hôtelier.

Louis était tombé épuisé, se tordant de

rage et de douleur à la fois. Dans l'hôtel, les étages étaient en émoi. Des portes s'ouvraient et se fermaient avec des chuchotements, des bruits de voix. Tout ce monde connaissait sa honte et en riait. Le malheureux versait des larmes de sang...

Les garçons qui l'entouraient et qui l'avaient considéré jusque-là avec des sourires ironiques, étaient émus eux-mêmes de cette douleur profonde.

C'est à ce moment que Louise, s'arrachant enfin à sa torpeur, apparut dans les éclats de la porte brisée, sombre et pâle.

Elle mit la main sur l'épaule de Louis.

Celui-ci la regarda avec une sorte d'hébétement.

Comment se trouvait-elle là? On l'avait donc prévenue? Mais pouvait-il encore s'étonner de quelque chose, après ce qu'il avait vu?

— J'ai tout entendu, dit-elle, tu vas te battre?

— Ah! Dieu, oui, répondit le jeune homme avec une sorte d'énergie farouche, nous nous battrons.

— Et s'il te tue ?

— Pour ce que je tiens maintenant à la vie, murmura Louis.

— Te battre ? cria la mère, je ne veux pas que tu te battes ! Tu n'as jamais tenu une arme, tandis que lui !

Le fils se leva, et pressant le bras de sa mère à le briser, il la regarda fixement, résolu, inflexible :

— Tout ce que tu feras, mère, tout ce que tu diras, fit-il, ne changera rien à la résolution que j'ai prise. Je dois me battre, je me battrai !...

Louise rejeta la tête en arrière d'un air de menace.

— C'est ce que nous verrons ! murmura-t-elle.

XII

Neuf heures du matin venaient de sonner. Raoul, en élégant veston du matin en drap bleu orné de passementerie, était descendu dans la serre de l'hôtel de la rue Pigalle où il avait fait établir un tir au pistolet. Il avait obtenu une permission de deux jours pour son duel, et il s'exerçait en attendant les témoins de Louis. Il était pâle, un peu nerveux. La scène terrible de la veille l'avait surexcité, et il avait mal dormi. Puis il pensait à Blanche. Qu'était-elle devenue ? Elle avait disparu précipitamment dès qu'elle avait été hors de l'hôtel, et il n'avait pas pu la rejoindre. Il était impossible qu'elle fût rentrée chez elle. Où était-elle allée ? Il s'attendait à chaque instant à recevoir un mot d'elle et à aller la retrouver.

Quand les détails de la scène avec Louis lui revenaient, il se sentait une rougeur à la joue. Il avait été traité de lâche; on l'avait menacé de le souffleter, et cela devant tout le monde, près de Blanche qui l'avait peut-être entendu. Il fallait laver cet outrage, et il comptait bien ne jamais revoir cet homme devant lequel il aurait pu rougir. Il avait déjà trouvé deux témoins et leur avait donné ses instructions. Il acceptait tout ce que demanderait son adversaire. Il accordait tout d'avance, le choix des armes, le choix du terrain. Il ne tenait qu'à une chose, c'est que le duel fût tellement sérieux, avec des conditions tellement graves, que l'un des deux rivaux y restât sûrement.

Déjà un journal du matin parlait de l'histoire à mots couverts. Cela allait s'ébruiter. Dans deux jours ce serait public. A son régiment, on apprendrait tout, et il ne voulait pas y rentrer avant d'avoir effacé sa souillure avec du sang. L'exaspération du mari était pourtant bien légitime. A sa place, il en eût fait autant que lui, peut-être plus. Il n'eût pas hésité à tuer les deux coupables. Il ignorait que Louis avait apporté un revolver dans cette intention, mais qu'il avait été désarmé par les garçons de l'hôtel. Il se disait tout cela ; mais quand il réfléchissait qu'il avait dans le cœur de Blanche le droit de premier occupant, tous ses scrupules tombaient, et il se considérait comme le véritable lésé, le véritable offensé. Dans tous les cas, sa résolution était prise ; il ferait tout ce qu'il pourrait pour ne pas le manquer, et il perçait, avec une sorte de rage, les cartons de tir qui n'en pouvaient mais, s'imaginant, en mettant ses balles dans la mouche, percer le cœur de Louis...

Il faisait une superbe matinée. Les oiseaux, énervés par le bruit des détonations, s'égosillaient dans le jardin. L'hôtel semblait endormi encore, avec ses persiennes hermétiquement closes. Les communs seuls étaient ouverts, et des domestiques en tablier blanc et en gilet rouge allaient et venaient. Le vent était un peu frais, mais le ciel était clair, et le soleil se levait sans un nuage. Un temps délicieux pour une rencontre...

Raoul était en train d'examiner un carton dont il paraissait assez satisfait, quand un domestique entra et lui dit qu'une dame soigneusement voilée désirait parler à M. le comte.

— Son nom ?

— Elle ne l'a pas dit, mais c'est pour une affaire urgente.

— Quel âge ?

— Dans les quarante-cinq ans.

— La mise ?

— Modeste, mais propre.

Raoul pensa à Blanche. C'était peut-être quelqu'un qu'elle envoyait.

— Faites entrer, dit-il.

— Ici, monsieur le comte ?

— Oui ; personne n'est réveillé encore dans l'hôtel...

Le domestique introduisit la visiteuse.

Quand celle-ci entra dans la serre, elle fit comme un mouvement de frayeur en voyant les armes.

— Ne craignez rien, madame, dit Raoul.

— Oh ! je n'ai pas peur pour moi...

— Vous désirez me parler?

— Oui, monsieur, et quand vous saurez mon nom, vous devinerez sans peine l'objet de ma visite. Je suis Louise Robert, fit-elle avec effort.

Raoul fit un mouvement de surprise et fronça le sourcil.

— La mère de Louis Robert? dit-il d'un ton dédaigneux.

— Oui, monsieur, la mère de Louis.

— Et votre fils vous envoie?...

Louise se redressa, et avec un air de grandeur et de fierté qui surprit Raoul :

— Mon fils ignore ma démarche, et ne me pardonnerait jamais de l'avoir faite. Mon fils a du cœur et du courage et ne redoute pas de se battre.

— Alors, je ne vois pas... fit Raoul.

— C'est moi sa mère qui le redoute... et qui viens vous prier, vous supplier de ne pas vous battre avec lui...

— Ce que vous me demandez là, madame, est impossible, absolument impossible...

— Je n'ai que lui au monde !

Raoul fit un geste indifférent.

— Songez que si vous le tuiez, j'en mourrais.

— Je ne puis cependant pas lui faire des excuses, dit Raoul.

Il reprit d'un ton posé, ayant pitié de la grande douleur qui se lisait sur le visage de Louise :

— Votre amour pour votre fils vous égare, madame, et vous fait faire une démarche fort déplacée. Votre fils m'a fait un de ces outrages, outrage que je lui ai rendu, du reste, qui rendent impossible tout arrangement. Il m'a gravement insulté. L'insulte a été publique.

— Vous lui avez pris sa femme...

— Est-ce moi qui la lui ai prise ?

Louise jeta vers le ciel un regard éperdu. Elle ne s'attendait pas à cette réponse.

Raoul poursuivit :

— Vous savez bien, vous, mieux que personne, qu'elle m'aimait et qu'elle ne l'aimait pas. Ce qui arrive là arrive par vous. C'est votre faute.

Sa faute! Encore ce reproche qui revenait et qu'on lui jetait à la face. Et qui le lui jetait? Raoul, l'amant de sa bru. C'en était trop. Elle bondit sous cet outrage.

— Ma faute! ma faute! s'écria-t-elle... On a bientôt fait de me dire cela. Est-ce que Blanche était pour vous? Est-ce que vous l'auriez épousée? Vous en auriez fait votre maîtresse, et lui auriez laissé à élever dans les larmes et dans les privations quelques bâtards devant lesquels elle aurait rougi, comme j'ai rougi devant Louis, quand il a fallu tout lui dire!... Voilà l'avenir que vous lui réserviez. Oh! je sais ce que c'est, moi, que d'aimer au-dessus de sa position. J'y ai été prise, et c'est surtout pour la tirer de là que je l'ai fait marier.

Raoul fit un geste d'impatience.

— Nous nous perdons, madame, dans des discussions oiseuses... Ce qui est fait est fait, et ce que nous disons ne changera rien au passé. Ce n'est pas le passé qui est en question, c'est le présent. Les témoins de votre fils peuvent venir d'un moment à l'autre, et je serais désolé qu'ils vous trouvassent ici.

— C'est mon congé que vous me donnez?

— Assez clairement il me semble.

— Et vous persisterez à vous battre?

— Je persiste, à moins que votre fils ne me fasse des excuses.

— Il n'en fera pas.

— Vous voulez donc que ce soit moi qui en fasse?

Ces réponses tranchantes et froides déconcertaient Louise. L'inutilité, l'étrangeté même de sa démarche lui apparaissaient nettement maintenant. Qu'était-elle venue demander à Raoul?

— Je ne sais pas ce que je voulais en venant ici, dit-elle, sans trop savoir ce qu'elle disait. J'espérais qu'en vous parlant, en vous peignant ma douleur, cela vous ferait réfléchir... que vous trouveriez un moyen d'arranger les choses... A mon fils, je ne puis rien dire. Il est comme un fou depuis hier. Il a passé la nuit à tourner dans sa chambre comme un fauve en cage, et il ne me répond pas quand je lui parle. Songez que je n'ai que lui, moi, pour m'aimer, et que s'il m'était enlevé, j'en mourrais de douleur.

— Je n'y puis rien, madame, répondit Raoul. Je regrette beaucoup ce qui se passe, mais je ne puis que le regretter.

Il fit de nouveau un geste pour congédier Louise.

Celle-ci fit un pas en arrière et revint.

— Mais il n'entend rien aux armes, mon pauvre fils. Il n'a jamais tenu un pistolet, ni une épée, tandis que vous !...

— Je ne lui ai pas interdit de prendre des leçons... répondit froidement Raoul.

— Vous allez le tuer ?

— Si je puis... Il m'a offensé de telle sorte...

Louise poussa un grand cri.

— Le tuer ?

— Madame, je vous en prie, dit Raoul, pas de bruit, pas de scènes. Tout le monde dort encore.

— Elle dort, votre mère ?

— Pourquoi pas ?

— Ce n'est pas une mère !

— Je vous prie de croire qu'elle m'aime

autant que vous pouvez aimer votre Louis, mais elle est raisonnable.

— Et moi je ne le suis pas ! Elle est mariée, elle, légitimement mariée... Elle n'a pas été trompée et n'a pas eu à souffrir les tortures de la trahison et de la honte. Cela dérange bien le cerveau, allez !

A ce moment, un domestique entra et remit deux cartes à Raoul.

— Je vous prie de m'excuser, madame, mais j'ai du monde à recevoir. Faites entrer ces messieurs dans le salon, ajouta-t-il en s'adressant au domestique, j'y vais !...

Il voulut sortir.

Louise l'arrêta.

— Ce sont les témoins ?

— Ce sont les témoins...

— Et vous allez partir avec eux pour tuer mon fils ?...

Raoul ne répondit pas et chercha à passer.

— Vous ne sortirez pas ! cria Louise, se mettant devant lui.

— Ah çà ! madame, la patience a des bornes...

— Oui, elle a des bornes, et la mienne est à bout... Vous ne sortirez pas!

Elle se plaça devant la porte, droite, menaçante, les bras écartés.

— Elle est folle, se dit Raoul.

Et il chercha à l'éloigner.

— Ah! vous croyez, reprit Louise, que je vais laisser tuer mon fils ainsi? Pour qu'on me dise encore, s'il meurt, que c'est ma faute! Ma faute! Vous croyez que je suis venue ici uniquement pour supplier? Non, je suis venue pour défendre mon fils, la chair de ma chair, pour le disputer à la mort. Vous ne passerez pas; vous ne passerez que sur mon corps!

— C'est de la démence! dit Raoul... C'est votre fils qui pâtira de cette scène de folie!... Car ce n'est pas en m'exaspérant ainsi que vous me le ferez épargner...

— Vous le tuerez?

— Oui, je le tuerai! cria le jeune homme hors de lui.

Il prit Louise par le bras et la fit tourner violemment dans la serre. Elle alla tomber sur la table où étaient alignés les pistolets tout chargés.

— Ah! tu veux tuer mon fils, cria-t-elle, tue-le donc!

Elle avait pris une arme; elle en pressa fiévreusement la gâchette, aveuglée par la colère et le désespoir. Une détonation retentit et Raoul vint choir en arrière, foudroyé.

Louise poussa un grand cri.

Le pistolet lui échappa des mains, et elle tomba de son côté sans connaissance.

FIN DE LA DEUXIÈME PARTIE.

ÉPILOGUE

Quand Louise reprit connaissance, elle jeta autour d'elle des regards égarés. Il lui semblait qu'elle sortait d'un sombre cauchemar; elle ne se rendait pas compte de ce qui s'était passé. Autour d'elle, des hommes qu'elle ne connaissait pas, penchés sur elle, la regardaient. D'autres, des civils et des agents, allaient et venaient dans un grand silence, pâles d'émotion, puis de temps à autre des sanglots éclataient. Elle cherchait à comprendre; elle ne comprenait pas. Il y avait un grand vide dans son cerveau.

Elle entendit une voix de femme crier, au milieu des larmes :

— C'est elle qui l'a tué! C'est elle! mon pauvre enfant!

Cette voix la fit frissonner de terreur. Était-ce d'elle qu'il s'agissait? Elle avait donc tué quelqu'un? Une lueur de bon sens sembla lui revenir; elle jeta un grand cri, puis elle se leva, en proie à une vive agitation...

Un homme, un médecin, suivait avec attention chacun de ses mouvements.

— Elle devient folle, murmura-t-il à un de ses collègues.

— Tant mieux pour elle, hélas! répondit l'autre...

Elle avait entendu. Cette fois, c'était bien d'elle qu'on parlait. Folle! Elle était folle! En effet, tout était confus dans ses pensées. Elle avait le souvenir de grands chagrins, de grandes émotions, mais rien de net, de distinct. Et son fils? Où était-il donc? Il l'avait donc abandonnée? Il lui était arrivé malheur, à lui aussi?

Elle l'appela à plusieurs reprises, avec des accents déchirants.

Le médecin s'approcha, lui prit la main.

— Calmez-vous, madame, lui dit-il ; calmez-vous. Votre fils vous sera rendu.

D'un bond, Louise lui échappa. Elle courut à un homme qui venait d'entrer dans la serre, et qu'elle regardait fixement depuis un instant.

— C'est lui, c'est lui ! cria-t-elle d'un air égaré... C'est Pierre Ducrot. C'est le misérable qui m'a séduite et qui m'a abandonnée ! C'est lui qui est la cause de tous les malheurs qui arrivent... Mon fils, c'était son fils. Il n'a pas voulu le reconnaître. C'est un bâtard !

Le comte de Marsac avait pâli sous le regard brûlant de Louise.

— Cette malheureuse ne sait ce qu'elle dit ; qu'on l'emmène, murmura-t-il.

— Qu'on l'emmène ! qu'on la chasse ! C'est ce qu'il a déjà dit une fois, quand je suis allée lui annoncer que j'étais enceinte... Qu'on la chasse ! Il n'avait plus besoin d'elle ! Il était riche. Il s'était amusé... Va, pauvre femme, veille pour ton fils maintenant ! Aie toutes les peines et toutes les hontes !... C'est assez bon pour toi !...

Elle s'attachait aux pas du comte, qui avait bien de la peine à la fuir, embarrassé, gêné, terrifié.

Le médecin s'approcha d'elle. Il tenta un nouvel effort pour lui rendre la raison.

— Vous vous trompez, madame, ce n'est pas Pierre Ducrot, c'est le comte de Marsac, celui dont vous avez tué le fils.

Louise sembla réfléchir un instant, puis elle poussa un cri terrible... et tendant vers le comte une main menaçante :

— C'est Pierre Ducrot, vous dis-je, c'est Pierre Ducrot !... Si j'ai tué son fils, c'est le doigt de Dieu qui m'a guidée... Il y a une justice au ciel... C'était son fils, le frère de Louis !... Louis est vengé... Ah ! ah ! ah !...

Elle se tordit dans un éclat de rire effrayant.

Tout le monde la regardait épouvanté. Personne ne comprenait ses paroles incohérentes. Le comte de Marsac seul en avait saisi le sens, et il se sentait tressaillir de terreur. Son fils mort, c'était bien, comme elle l'avait dit, l'expiation.

Le médecin, ne sachant pas que le comte

de Marsac s'était appelé Pierre Ducrot, et ne connaissant rien des faits que lui rappelait Louise, ne douta pas que la pauvre femme ne fût absolument folle, et ne chercha plus qu'à en débarrasser le comte.

— Il faut emmener cette malheureuse dans une maison de santé, dit-il aux agents...

— Vous croyez, monsieur? fit le commissaire en portant la main à son front avec un geste significatif.

— Elle n'a pas conscience de ses actes, répondit le docteur... et je prends son transfert sous ma responsabilité. Du reste, vous pouvez toujours la faire surveiller.

Le magistrat s'inclina.

Louise, bien que redevenue plus calme, ne perdait pas des yeux l'ancien Pierre Ducrot.

— Lui! c'est bien lui! murmurait-elle sourdement par intervalles... Son père... Raoul, c'était son frère!... S'il l'avait su! Il en était jaloux autrefois... Il me l'a dit. Il avait bien raison. L'autre a eu tous les bonheurs... et lui toutes les douleurs. Il n'en sera plus jaloux maintenant... A chacun son tour!... Je l'ai tué !... tué !... moi ! Est-ce bien moi ? Oh ! c'est horrible !

Elle se cachait la figure avec des mouvements de frayeur.

Le commissaire s'approcha d'elle.

— Allons, madame, suivez-moi !...

— Je verrai mon fils, n'est-ce pas ? Il faut que je lui parle, que je lui raconte !... Il ne se battra plus maintenant... Je me suis battue pour lui.... Mais quand il saura... son frère !... Et ils voulaient s'égorger !... pour cette femme !... La misérable !... On peut renvoyer les témoins... Il n'y a plus besoin de témoins... Je lui ai sauvé la vie, à mon fils... Mon fils vivra au moins.

— Venez, madame, dit le magistrat, l'entraînant, c'est à votre fils que nous vous conduisons.

Elle se laissa emmener sans résistance. L'exaltation qui l'avait soutenue se dissipait peu à peu. Les lueurs d'intelligence qui restaient encore dans son cerveau s'évanouissaient une à une, comme les flammes d'un punch qui s'éteint, et de grandes ténèbres s'y faisaient. Bientôt Louise ne se rappela plus rien, et c'est à peine si elle reconnut son fils, quand il vint s'agenouiller auprès du lit blanc dans lequel on l'avait couchée.

Le pauvre garçon avait vieilli de dix ans en quelques heures. Il avait les cheveux tout grisonnants, et il était devenu d'une pâleur et d'une maigreur effrayantes... La folie de la mère, c'était le dernier coup... Il vendit son mobilier et s'engagea. Il est maintenant en Afrique.

Après avoir suivi de loin le convoi de Raoul, et avoir arrosé sa tombe de larmes, Blanche a quitté Paris et est retournée dans son pays, à Menigoute, où elle vit de son travail...

Toujours vêtue de deuil, toujours seule, elle porte dans son cœur une grande douleur et un grand remords : la mort de Raoul et le malheur de ceux qui l'avaient aimée.

FIN

Paris. — Soc. d'Imp. PAUL DUPONT, 41, rue J.-J.-Rousseau (Cl) 116.1 87.

CPSIA information can be obtained
at www.ICGtesting.com
Printed in the USA
BVHW03*0834230518
517121BV00011B/139/P